JOHN WRAY

MADRIGAL

ERZÄHLUNGEN

ROWOHLT

Originalausgabe
Veröffentlicht im Rowohlt Verlag, Hamburg, Mai 2021
Copyright © 2021 by Rowohlt Verlag GmbH, Hamburg
Satz aus der Dante
Gesamtherstellung CPI books GmbH, Leck, Germany
ISBN 978-3-498-00168-1

Für meine Mutter

INHALT

Und dieser allerletzte Tag, dieser letzte und längste, endgültige Tag, endet mit dem Anruf ihres unerträglichen Bruders. Unerträglich, wenn er sich bei ihr meldet, pausenlos klagend über eine Reihe von Lasten, die jeder Nicht-in-der-Kulturhauptstadt-der-Erde-lebende-Mensch nur allzu gerne hätte – Waldorfschulen und Verkehrsstörungen und etwas, das tatsächlich, so etwas kann man nicht erfinden, «mansion tax» heißt – und noch viel weniger erträglich angesichts jener langen Zeit absoluter Funkstille, die ihr deutlich macht, so deutlich wie nur möglich, wie wenig ihm seine Familie eigentlich bedeutet. Ihr Bruder nimmt die Saga seines epischen, einseitigen Streits mit einem gewissen Hunter Wagoner sofort wieder auf, der neueste in einer langen Reihe von Südstaatenschriftstellern, dessen «Moment» ein bisschen intensiver glänzt und länger zu dauern scheint als der «Moment» ihres Bruders; aber zum ersten Mal in mehr als zehn Jahren dieses Rituals der Autopietà erlaubt sie es sich, seinen Monolog zu unterbrechen.

«Ich will mir diese Scheiße nicht mehr anhören müssen, Teddy.»

«Wie bitte?»

«Du hast mich gehört. Endlich bitte Schluss mit Hunter Wagoner.»

«Glaub mir, Maddy, ich stimme voll mit dir überein. Leider bleibt aber die Tatsache, dass dieser schmierige Arsch-kriecher –»

«Ich könnte dir all deine Beschwerden jetzt schon auf-sagen, ohne ein weiteres Wort hören zu müssen. Mir ist sogar die Reihenfolge vertraut.»

«Okay. Verstehe. Aber –»

«Ich weiß, dass sein Buch eine ganze Seite im Feuilleton bekommen hat, obwohl es nur ein Kurzgeschichtenband war, und dass alle den Humor seiner Prosa in den Himmel heben, obwohl er sonst eigentlich gar nicht so witzig ist, und dass du bei irgendeiner Party mitbekommen hast, wie er einer jungen, naiven Studentin von jenem Jahr erzählte, in dem er außer dem Neuen Testament kein Wort gelesen hat, und dass sie dann zusammen die Party verlassen ha-ben. Können wir einfach zu dem Punkt im Gespräch vor-spulen, an dem ich dir versichere, dass du ein besseres Ohr für Dialoge hast?»

Langes Schweigen. Die Wendung wird registriert.

«Okay.»

«Okay.»

«Eigentlich hab ich angerufen, um zu fragen, wie es dir mit den neuen Medikamenten so geht. Wagoner kann mir einen blasen.»

Dazu sagt sie überhaupt nichts.

«Maddy? Noch da?»

«Ich nehme keine neuen Medikamente.»

Er lacht übertrieben laut. «Wahrscheinlich gibt's ir-gendeinen neuen Fachausdruck dafür, ‹Lebenserlebnis-ermöglichungstabletten› oder so was, aber du weißt sehr wohl –»

«Ich nehme kein Paxil mehr. Kein Zoloft. Ich nehme keine Tabletten mehr. Ich schluck sie einfach nicht.»

Eine deutlich längere Pause.

«Ich hab heute mit Papa gesprochen, deshalb melde ich mich. Er macht sich wohl Sorgen.»

«Ich weiß, dass es ein Klischee ist, zu sagen, dass du mich nie anrufst», sagt sie schließlich. «Oder dass du nur anrufst, wenn du etwas von mir willst.»

«Du hast vollkommen recht, Maddy. Das ist ein Klischee.»

«Aber du rufst nie an.»

«Stimmt nicht. Schau, wir reden ja –»

«Oder du rufst nur an, wenn du etwas von mir willst.»

«Es tut mir leid, Maddy. Okay? Es tut mir leid. Ich hab dich lieb. Ich hab dich lieb und mache mir Sorgen deinetwegen. Gähnst du?»

«Ich hab dich auch lieb, Teddy.»

«Es ist nur, du bist nicht unbedingt der angenehmste Gesprächspartner, weißt du? Und ich bin auch nicht der angenehmste Gesprächspartner.»

«Irgendwo in dieser Welt lebt der angenehmste Gesprächspartner», hört sie sich antworten. «Muss ja so sein. Ich bin aber ziemlich sicher, dass er, beziehungsweise sie, nicht hier in Little Rock zu Hause ist.»

«Ich würde auf eines der teeproduzierenden Länder tippen», sagt er. «Eines der betelnusskauenden Länder. Sri Lanka, zum Beispiel. Oder Bangladesch.»

Beide fühlen sich plötzlich verbunden, fast so, wie sie es als Kinder waren, und das ist für Maddy eine Erleichterung, weil sie nur darauf gewartet hat, um das Gespräch beenden zu können. Sie legt auf, durchquert die leere Küche bis zur Steckdose und zieht das Kabel aus der Wand. Langsam atmet sie aus. Wie aus der Ferne nimmt sie das Summen des Kühlschranks wahr und stellt fest, leicht verblüfft wie immer, wie sehr dieses Geräusch sie beruhigt. Sie versucht, sich zu erinnern, wann ihr Bruder das letzte Mal gefragt hat, wie es mit ihrem eigenen Schreiben geht. Das Brummen wird lauter, dann wieder sanfter, wie das Atmen eines schlafenden Hundes. Ihre elektrische Schreibmaschine steht dort, wo sie immer steht, am Ende der Küchentheke – heute, ganz ausnahmsweise, ist ein Blatt Papier darin. Sie holt sich ein Bier und setzt sich an die Theke.

Der Roman, den sie schreiben würde, wenn sie noch schreiben könnte, wenn sie auch nur noch zwei zusammenhängende Gedanken aneinanderreihen könnte, würde in einem Universum spielen, das dem unseren so ähnlich wäre, dass dem Leser erst in der Mitte des Buches langsam dämmern würde, dass etwas nicht stimmt. Der Unterschied macht sich bemerkbar auf subtilste Art und Weise, zunächst im Dialog, durch kleine Fehler, als ob die Personen Englisch nur als Zweitsprache sprechen würden: Das Moor vor dem Haus der Protagonistin wird «die Feuchtigkeit» genannt, ihr Auto scheint ohne Benzin oder Strom zu laufen, sie sagt ihrem Mann, er solle sich beeilen, weil sie «nicht aus Zeit bestehe». Die Frau, die sich so ausdrückt, heißt Madrigal, und sie arbeitet vier Tage in der Woche, wie Maddy selber, als Keilerin für ein Inkassounternehmen, ansässig in Little Rock, Arkansas.

Es wird ein großartiges Universum werden, sagt sich

Maddy. Es wird das Universum, das uns allen eigentlich zusteht – eines, in dem die natürliche Bewegung der Dinge in Richtung Ordnung statt Chaos geht, in dem Körper und Beziehungen und Pläne dazu tendieren, sich nicht in Scheiße zu verwandeln. Trotzdem werden bestimmte, ausgewählte Existenzen von Zeit zu Zeit scheitern, denn: kein Scheitern, keine Geschichte.

Schon seit einiger Zeit weiß Madrigal, dass irgendwo der Wurm drin ist. In ihr persönlich, selbstverständlich, nicht in ihrer Welt. Ihre Arbeit ist befriedigend, die Zukunft schaut rosig aus, und ihr Ehemann ist fürsorglich und liebevoll, aber etwas stimmt ganz und gar nicht: ein graues, undefinierbares Etwas, das von ihrer unteren Wirbelsäule aus in alle Richtungen kühl ausstrahlt. Sie weiß zwar, dass das Leben prächtig, aber trotz allem doch nicht recht überzeugend ist, ganz so, wie ihr die Sänger immer vorkamen an den Abenden, als ihre Eltern sie mit in die Oper geschleppt haben. Prachtvoll, aber unnatürlich, anorganisch, übertrieben. So wird Madeleine Wells' Protagonistin ihre Existenz betrachten.

Eines Tages nach der Arbeit, als Madrigal in ihrem Kaltfusionkombi die Feuchtigkeit entlangfährt, wird sie von einer plötzlichen Welle der Emotionen überrascht, die sie zwingt, am Schilfrand anzuhalten. Sie lehnt sich steif über das Lenkrad und sucht vergebens nach einer Erklärung für ihren Zustand. Wie oft, fragt sich Madrigal, ist sie an diesem verwunschenen Ort, diesem geradezu schmerzhaft romantischen Ort, vorbeigefahren? War es immer so herzzerreißend malerisch hier, so leuchtend bedeutungsvoll, so geheimnisvoll still?

Und dann, durch einen schmalen Spalt im Schilf, sieht sie es.

Sie hat keine Worte für das, was sie da jetzt sieht, keine ausreichenden Vergleiche, sie weiß nur, dass es die Lösung ist, der Schlüssel zum Rätsel, der Grund, dass sie überhaupt stehen geblieben ist. Es liegt sonderbar auf dem Wasser, ein längliches, graues Etwas, und wenn es seinen langen Hals in die Feuchtigkeit taucht, könnte man es für eine riesige Schlange oder einen Aal halten – aber das ist doch nicht richtig, dieses Wesen ist ganz etwas Unverwandtes: Madrigal hat einfach keinen Bezugsrahmen für das, was sie sieht. Ein Fisch oder eine Schlange hätte Schuppen irgendeiner Art, würde sich viel schneller bewegen, würde den Eindruck machen, Gewicht zu haben. Dieses Tier scheint mit einer Art feinem, zerrissenem Stoff bekleidet zu sein, einer dichten, blaugrauen Decke, vielleicht sogar etwas wie Fell. Von ihrem Platz aus kann Madrigal keine Glieder erkennen. Sie drückt ihr Gesicht gegen das langsam beschlagende Glas der Windschutzscheibe, traut sich kaum zu atmen vor lauter Angst, ihre Aussicht weiter zu vernebeln.

Das Wesen bewegt sich in engen, ziellosen, verspielten Kreisen, gleichgültig dem Auto gegenüber, und als plötzlich Sonnenlicht auf seinen Hals, seine Brust fällt, sieht Madrigal, dass sie sich getäuscht hat. Das Wesen ist mitternachtsblau und rostrot und silbern. Seine scheinbar undifferenzierte Haut besteht in Wirklichkeit aus unzähligen, sich überlappende Segmenten, so klein und präzise, dass sie sogar aus der Nähe wie eine perfekte Einheit aussehen. Madrigal wischt mit dem Ärmel über ihre Augen. Sie möchte die Türe leise öffnen, langsam aussteigen und barfuß und sachte in das kalte, stinkende Wasser waten, um dieses rätselhafte Wesen zu berühren. Sie ist gerade aus ihren flachen Arbeitspumps geschlüpft und hat den Griff der Türe schon in der Hand, als ein zweites Tier herbeischwimmt. Madrigal öffnet die Autotür und in dem Moment geschieht es: das Ereignis, das sie für immer prägen wird.

Das größere der beiden Wesen scheint sich zu entfalten, sich auseinanderzuklappen, in alle Richtungen massiver zu werden auf eine undefinierbare Weise. Es ist plötzlich ein ganz anderes Tier, größer und bunter, von anderer Form. Jetzt hat es auch Glieder: breite, graue Flossen, die spitz und elegant zulaufen. Sein Gefährte verwandelt sich fast gleichzeitig, und gemeinsam scheinen sie das Wasser zu attackieren, seine Oberfläche zu prügeln, um es dann einfach zu verlassen. Im ersten Moment weigert sich Madrigals Gehirn, das zu akzeptieren. Nie zuvor hat sie so etwas gesehen. Sie verlassen die Erde.

Später versucht Madrigal vergebens, ihrem Mann klarzumachen, was sie erlebt hat. Das Pärchen gab einen Laut von sich, bevor es wegflog: einen brutalen, rauen Schrei, der sogar durch das Glas der Windschutzscheibe zu hören war. Sie versucht, ihn in der warmen Stille des Fernsehzimmers zu imitieren, und obwohl ihr Mann achtgibt und nicht im Geringsten irritiert ist, merkt sie sofort, dass es nicht klappen wird. Er sagt schließlich, er hätte sie noch nie so zornig gesehen, so verzweifelt, und er hat damit völlig recht. Sie steht in einer Art Boxerhaltung zwischen ihrem Mann und dem Bildschirm, weinend und zitternd, und bemerkt, wie wenig er versteht. Sie muss sich zusammenreißen, um nicht in sein wohlwollendes, nicht begreifendes Pfannkuchengesicht zu treten.

In der gleichen Nacht setzt sie sich an den Schreibtisch, schaltet den Computer ein und fängt an zu suchen. Sie braucht länger, als sie sollte, weil sie nicht die geringste Begabung fürs Internet hat – ihr erster Versuch ist WASSER + ARMLOS + NICHT FISCH – aber nach fünfzehn Minuten hat sie es schon. LEBEWESEN + WASSER + LANGER HALS + ROTE BRUST + FLIEGEND. Die Tiere, die sie gesehen hat, waren Rothalstaucher im Brutgefieder.

Die ganze Nacht hindurch sitzt sie am Computer und liest, besessen wandernd von einem Link zum nächsten, von *Taucher* über *Wasservögel* und *avifauna* zu der Verteilung der Federn auf dem Flügel, Deckfedern, Eckflügel, Handschwingen, Armschwingen, Schulterfittich, Bürzel, dann weiter zu Verbreitungskarten und den katastrophalen Aussterbezyklen des vergangenen Jahrhunderts, und es wird ihr langsam mulmig dabei, als ob sie Pornographie statt Ornithologie konsumieren würde. Kurz vor Sonnenaufgang stößt sie auf das Feldtagebuch eines kontinentalen Forschers, geschrieben zur Zeit des Zweiten Globalen Krieges. Sie druckt ein paar Seiten davon aus, legt sich auf das Sofa im Wohnzimmer und beginnt zu lesen.

Im ersten Eintrag hat der Ornithologe, ein gewisser Benedikt Weisshaupt, die Hälfte einer Expedition in den Bosavi-Regenwald von Neuguinea schon hinter sich. Er scheint auf der Flucht vor etwas zu sein – vor Faschismus, womöglich, oder irgendeinem privaten Skandal. Er ist auf der Suche nach einer bisher unbeschriebenen Spezies des Laubenvogels, in der Sprache der Bosavi Er-der-lauert

genannt, angeblich endemisch an den Hängen eines un-
erforschten Vulkans. «Führt leidenschaftliches Begehren
immer zu Extremen?», fragt sich Weisshaupt in seinem Ta-
gebuch. «Oder vielleicht doch nur hinter das Moskitonetz?»

Weisshaupt verlangt bewaffnete Begleitung von den
Ältesten der Bosavi, aber diese begeistern sich nur wenig
für die eisernen Axtköpfe, die er ihnen dafür anbietet; ein
Junge mit «einem dekadenten Grinsen» erklärt ihm, dass
die gleichen Äxte im Port-Moresby-Depot für ein halbes
Bündel Tabak zu bekommen sind. Weisshaupts Eintrag
verwandelt sich in einen rassistischen Wutanfall, den Madrigal sich erspart. Sie liest beim nächsten Eintrag weiter:

*«Wieder hat mich meine Neigung, bezaubernde Landschaften zu
bewundern (die vielleicht nicht existieren) in eine Sackgasse geführt.»*

Weisshaupt bewegt sich jetzt mühsam den Hang des Vulkans hinauf und beschwert sich pausenlos über den einzigen Begleiter, den ihm die Bosavi letztendlich gegönnt
haben: Iguakallalianakup'a, auch «Ginger» genannt, ausgerechnet der grinsende Trottel, der seine Äxte verschmäht
hat. Aus dem Dschungel dringt von allen Seiten Gegurgel
und Gezwitscher; aber Gingers Antwort, sooft ihn Weisshaupt nach den Vogelarten fragt, lautet immer einfach
«Tier» oder «Er-der-lauert».

Was war das für ein Ruf, Ginger? Und sag jetzt nicht Er-
der-lauert.

Jawohl, Weisshaupt. Das war ein Tier.

Was für ein Tier? Einfach nur irgendeines?

Nein, Weisshaupt. Nicht nur irgendeines.

Was für eines dann?

Er-der-lauert.

Im gleichen Moment wird das Hemd des Ornithologen von einem «brennenden Saft» durchnässt, und es folgt eine weitere Beschimpfungskaskade. Kurz danach findet sich Weisshaupt in seinem zerfetzten Zelt wieder, am Südrand des Kraters, zitternd vor Kälte und Fieber. Es gelingt ihm noch, ein Gespräch zu beschreiben: ein Gespräch, das seine Sicht auf den Jungen, den Dschungel, und vor allem den Gesang, der ihn umgibt, radikal verändert hat.

«Ich hatte Ginger zum hundertsten Mal gebeten, mit seinem pausenlosen Summen aufzuhören, worauf er nur lachte. Dann nahm er mich bei der Hand, als ob ich ein Kind wäre, und erklärte mir geduldig, dass wir sofort verloren sein würden, sobald sein eigenes Lied zu einem Ende käme.

Wieso denn, Ginger? Bist du vielleicht eine Fledermaus?

Nein, Weisshaupt. Bin Lerner der Landschaft. Bin Macher den Weg.

Verstehe, sagte ich ironisch. Du bist Kartograph.

Darauf bat mich Ginger, das Wort zu wiederholen; dann lachte er nochmals auf. Richtig, Weisshaupt. Bin Kartograph.

In dem Moment lichtete sich endlich die Wolkendecke meines Bewusstseins: Langsam wurde mir klar, dass die Lieder der Bosavi *vokalisierte Kartierungen des Dschungels* sind und dass sie *aus der Warte eines Vogels* gesungen werden; das heißt, in anderen Worten, dass ich – wenn ich begreifen möchte, wo wir sind und wohin wir uns bewegen – einfach die Beine heben, tüchtig mit den Armen flattern und die Erde hinter mir lassen muss.

Wer ist Er-der-lauert, Ginger? Ist er überhaupt ein Vogel?

Jawohl, Weisshaupt. Er ist sehr wohl ein Vogel. Und Sie auch.»

Als seine Temperatur weiter steigt, wenden sich Weisshaupts Gedanken immer stärker in seine Vergangenheit, zu den Kataklysmen, vor denen er um die halbe Erdkugel geflohen ist: den Verfolgungen, den Massenversammlungen, den Gesichtern von Nachbarn und Familienmitgliedern und sogar gebildeten Kollegen, glanzäugig vor Begeisterung über ihren schwerfälligen, streitsüchtigen «Leiter» – und zuletzt, mit albträumerischer Unvermeidlichkeit, zum Leiter selbst, unantastbar in seinem hohen Wehrturm, umgeben von Beratern und von Schmeichlern, die er kaum zu sehen scheint. Zauberei ist da im Spiel, da ist sich Weisshaupt sicher. Er ist mit dem Leiter in seiner privaten Suite, in abgeschiedenen Räumen, in denen er sich mit seinen Engeln und Dämonen unterhält. Der Ornithologe und der Populist sehen die Welt jetzt durch die gleichen ängstlichen, blutunterlaufenen Augen.

Der Leiter hängt in seinem «Versailles-Zimmer» in einem hochgerüsteten Liegesessel, sich zerbrechlich und winzig fühlend, und horcht auf körperlose Stimmen. Das Auge des Radios pulsiert und flackert. Unabhängige Sender gibt es noch, zu seiner eigenen Verblüffung, und er hört sie sich manchmal spätnachts an, von einem masochistischen Verlangen getrieben. Momentan wird er (wer sonst!) beschrieben, von einer eingebildeten, nasalen Stimme – der Stimme eines «angesehenen Biographen und Kritikers» – der ihn, den Leiter, offenbar für eine Art Viehhändler hält.

Wenn Sie mich fragen, wäre es sinnvoll, ein bisschen weiter als bis zu den üblichen totalitären Vergleichen zurückzugehen und sich gewisse Theorien der Tierzucht anzusehen, die man während der britischen Landwirtschaftsrevolution entwickelt hat.

(Gelächter) *Herr Wells, wollen Sie damit andeuten –*

Ich merke lediglich an, dass Er-der-nicht-genannt-werden-darf und seine Besessenheit, die Grenzen zu kontrollieren, das Land ethnisch und sprachlich zu säubern, nur geringe Abweichungen zu den Ansichten eines Schäfers des 17. Jahrhunderts aufweisen.

Wir befinden uns in gefährlichen Zeiten, Herr Wells. Als Journalist –

Der Leiter betrachtet seine zierlichen Hände. Er beginnt jeden Tag als massiver, schwerknöchriger Macher, so mächtig proportioniert wie die Statue des Italieners im Kreisverkehr unter seinem Fenster, und kriecht jeden Abend wieder in sein Bett hinein, kleiner und verletzlicher als ein Spatz. Er versteht sich als Vogel in den frühen Morgenstunden, als flugunfähiger Vogel – ein Kakapo, zum Beispiel, oder ein Kiwi – mit dünnen, luftdurchdrungenen Knochen.

Der Mann redet immer noch. Der Leiter versucht, sich

seinen Namen zu merken. Er schreibt ihn sich mit einem Kuli auf den Handrücken, neben weitere Namen, verblichen, noch nicht ganz verschwunden.

Aber dieser Typ, der da redet. Dieser selbstgefällige kleine Meckerer. Der fängt an, ihn zu nerven.

Ungeduldig fischt er sein Handy aus der Hosentasche, schaut, ob er Empfang hat, und liest den Namen von seiner Hand ab. Er fühlt sich wach, klar in seinen Gedanken, wieder von menschlicher Größe, imposant und gerecht, wie so oft am frühen Morgen. Der kleine Quietscher ist ein Nichts, ein Niemand, ein in Brooklyn lebender Schreiber von sich mäßig verkaufenden Essaybänden, beide Eltern lebend, eine Schwester. Der Leiter, vor allem in den frühen Morgenstunden, ist ein begabter Forscher. Theodore Avery Wells, männlich, sechsunddreißig, kinderlos, ledig. Schwester Madeleine Wells, achtunddreißig. Wohnsitz Little Rock, Arkansas. Siebzehn Arbuckle Lane.

Die Schwester – die Schwester ist interessant. Ein paar weitere Klicks mit seinen eleganten Fingern, und er hat mehr, als er braucht. Die guten Noten, die Stipendien, den Master in Creative Writing von einem überteuerten Nonnenkloster in Neuengland. Danach ominöse Stille. Sämtliche Krankenhausaufenthalte, Befund nicht freigegeben. Der selbstzufriedene, viel veröffentlichte Bruder. Er hat mehr, als er braucht.

Laut seinem Flachbildschirm ist es 03:45, als er sich aus seinem Liegesessel erhebt – jetzt deutlich überlebensgroß – und sich an seinen Computer setzt. Seine erste Aufgabe ist es, eine Epistel an seine achtzehn Millionen Anhänger zu schreiben, die alle eine gewisse Seelennahrung in seinen nächtlichen *Pensamientos* finden. Empörung wird von ihm erwartet, sogar verlangt, und der Fall des kleinen Quietschers ist dafür durchaus willkommen.

Decadent snivelling (alcoholic?) propagandist @WellsTeddy was ungenerous to me on Who-Listens-To-The-Radio-Anymore tonight. Give sister a call, @WellsTeddy. Maybe she'll answer.

Der Schriftsteller sieht den Beitrag und ruft sofort bei seiner Schwester an. Er will mit ihr reden, will ihre Stimme noch hören, bevor er die Wucht von dem, was geschehen ist, voll zu spüren bekommt. In letzter Zeit scheint es ihr besser zu gehen – sie hat endlich eine Behandlung gefunden, die für sie hinhaut – aber unlängst bekam er eine Nachricht von ihrem Vater, in der er seinen Sohn bat, sich möglichst bald bei ihr zu melden. Er denkt an die Spannung in der Stimme seines Vaters, als seine Schwester abhebt.

«Maddy!»

«Warum klingt eigentlich alles, was du sagst, so, als ob es mit einem Ausrufezeichen enden würde?»

Seit seiner frühesten Kindheit hat er ihre Laune mit ungesunder Präzision deuten können, und heute stellt er nach weniger als einem Satz fest, dass sie von der Epistel des Leiters noch nichts weiß. Ihre Stimme hat dieselbe bleierne Gleichgültigkeit, die er schon seit Jahren gewohnt ist, aber diesmal kommt sie als Erleichterung. Nur hat er nicht die leiseste Ahnung, was er als Nächstes sagen soll. In seiner Verzweiflung fällt er widerwillig in die Rolle zurück, die sie gemeinsam für ihn festgelegt haben: der verwöhnte, von Narzissmus gequälte Erfolgsautor, sich beklagend über halberfundene Kränkungen. Er fängt an, von Hunter Wagoner zu sprechen.

«Rate einmal, wer ein sogenanntes ‹Geniestipendium› bekommen soll. Rate nur.»

«Armer Teddybär. Wer denn?»

«Der Dichterfürst von Methedrine, Alabama. Wer denn sonst?»

Sie findet seine Wagonerroutine witzig, das war schon immer so. Wagoner ist ein Mittel, um in Kontakt zu bleiben, um sich selbst lächerlich zu machen und dadurch für sie keine Gefahr. Heute Abend scheint es wieder eine Zeitlang zu klappen. Dann plötzlich sagt sie ihm, sie nehme keine Medikamente mehr.

«Es tut mir leid, Maddy. Okay? Es tut mir leid. Ich hab dich lieb und mache mir Sorgen deinetwegen. Gähnst du?»

Ein geradezu endloses Schweigen. «Ich hab dich auch lieb, Teddy.»

«Es ist nur, du bist nicht unbedingt der angenehmste Gesprächspartner, weißt du? Und ich bin auch nicht der angenehmste Gesprächspartner.»

«Irgendwo in dieser Welt lebt der angenehmste Gesprächspartner. Muss ja so sein.» Sie seufzt. «Ich bin aber ziemlich sicher, dass er, beziehungsweise sie, nicht hier in Little Rock zu Hause ist.»

Eine Welle der Liebe und Dankbarkeit bricht über ihn herein. «Ich würde auf eines der teeproduzierenden Länder tippen», hört er sich sagen. «Eines der betelnusskauenden Länder. Sri Lanka, zum Beispiel. Oder Bangladesch.»

«Okay», sagt sie dann, und er fühlt sich plötzlich vollkommen mit ihr verbunden, fast so wie früher, als sie Kinder waren. Als sie Kinder waren und er sie bewunderte, sie verehrte, sie von Früh bis Abend beobachtete, um Hinweise zu gewinnen, wie die Welt der Erwachsenen zu überstehen sei. Er, der Spatz, sie, der Adler. «Okay», sagt sie ein zweites Mal, noch sanfter als zuvor. «Bangladesch.»

Er hört ein Klicken, als sie den Hörer auflegt, und lehnt sich langsam zurück in seinem ergonomischen Schreibtischstuhl. Er sieht seiner Schwester zu, wie sie still in der Mitte der Küche steht, dem Brummen des Kühlschrankes regungslos lauschend, unerreichbar in ihre Gedanken vertieft. Nach einiger Zeit gewinnen ihre Augen den Fokus zurück, nehmen die Küchentheke wahr, und dann – langsam, schüchtern – die Schreibmaschine an dessen Ende. Normalerweise ist die Maschine leer – seit Jahren ist sie leer –, aber heute stellt er sich vor, es sei ein Blatt vom feinsten Schreibpapier darin. Er schaut zu, wie sie die dunkle Küche zur Theke durchquert. Sie schaut einen Moment lang in die Ferne, nicht länger, und beginnt zu schreiben.

Sieh das Licht. Setz dich auf und öffne die Augen. Beobachte, wie das Licht die Wand hinaufkriecht und nimm die
Geräusche auf. Halte dich an den Gitterstäben fest. Höre,
wie die Stimmen durch die Wand und den Boden auf dich
zukommen. Lass die Stäbe los. Fühle das glatte Holz dir
entgleiten. Achte auf das Licht, die Tapete, dann wieder
das Licht – und den dunklen Fleck an der Decke.

Reagiere auf deine Mutter, wenn sie von oben herab
zu dir spricht. Antworte ihr, wenn sie zu dir singt, weine,
wenn sie dich nicht versteht. Ignoriere deine Mutter. Ver-
stecke dein Gesicht vor dem Vater. Fange an zu schreien,
wenn er in das Zimmer kommt und dich in seine gewal-
tigen Arme nehmen will. Atme den bösen, warmen Geruch seiner Haut, seines Hemdes, seiner Haare ein. Brülle,
wenn er seinen Mund aufmacht. Bemerke seine riesigen
Augen hinter den dicken Gläsern, auch wenn deine eigenen Augen geschlossen sind. Fühle dich von einer Hand in
die andere gereicht. Fühle die Wucht dieser Hände. Fühle
dich nieder- und zur Seite gelegt. Ergreife die Gitterstäbe
und stemme dich dagegen, stoße mit den Füßen dagegen.
Erinnere dich, wie das Licht die Wand hinaufkroch. Öffne
die Augen und sieh – es ist verschwunden. Schluchze in den
warmen Raum hinein, in die Finsternis, in das verständ-
nislose Gesicht deines Vaters. Nimm den Atem der Mutter

25

wahr, dessen Feuchtigkeit, und den Druck ihrer Lippen an deinem kühlen, schmalen Hals.

★

Sieh zu, wie der Raum sein Licht verliert, wie er dann gänzlich verschwindet, dann wieder Form annimmt, das Licht wieder einfängt. Ein leichtes Bauchzwicken, dann Geschrei, trinken, schlafen. Sieh, wie die Tage und Nächte vorbeiflimmern. Beobachte das gelbe Licht, während es kreist. Hasse es und begehre es. Mach den Mund auf und schlucke es. Empfinde es wie ein Prickeln auf deinem Gesicht und deiner Zunge.

Hinterfrage die Welt nicht. Noch nicht. Grüble nicht darüber nach, wer du bist, wer deine Eltern sind, wohin sie verschwinden, nachdem sie dich gestillt, geküsst und in ihren Armen gewiegt haben. Frage nicht nach dem Licht. Rolle dich auf den Rücken und lass es dich finden, wie den Zugriff der Hand des Vaters. Spüre es hinter deinen geschlossenen Augen. Spüre, wie es hineinsticht, wenn du sie öffnest. Fühle es im Mund und lass dich damit volllaufen. Schreie in die Finsternis, wenn du hungrig, unzufrieden oder nass bist. Lass die Mutter kommen, um deine Bedürfnisse zu stillen. Schick die Mutter wieder weg. Lass durch dein Geschrei das schöne, warme Licht verschwimmen, lass den ganzen Raum um deine Krippe kreisen. Lass den Vater zu dir kommen. Lass ihn gehen. Fühle dich mächtig, alles sehend, unbezwingbar. Fühle weder Scham noch Zweifel.

Liege flach am Rücken und starre die Wand an. Beginne

zu verstehen, dass das sich drehende Licht den Tag der Finsternis zuwendet. Fühle, wie deine Begierden und dein Hass durch stumpfes Staunen ersetzt werden. Der Kreis bedeutet Tageslicht. Die Uhr ist ein Kreis. Die Uhr ist an der Wand des Schlafzimmers, beim Kopfteil.

Entkomme dem hölzernen Gitter. Zwinge deinen Vater, dich aufzurichten. Gebiete ihm, dass er dich in die Arme nimmt, beobachte ihn genau und arglos, wie er dir gehorcht. Dein unergründlicher Vater. Starre ihn an, bis er dich ängstigt, und heule in sein Gesicht, bis er dich schließlich absetzt. Geh in die Knie und schleppe dich über den knarrenden, unebenen Boden. Höre die Stimmen über dir. Den Vater, die Mutter. Höre das Summen ihrer Stimmen wie den Wind über dir. Den dunklen Klang des Vaters. Den hellen Klang der Mutter. Ihre Stimmen wie Wasser über dem Ticken der Uhr.

*

Entdecke dich im Glas. Sieh dich aufrecht stehen. Dein liebster Freund auf Erden ist ein Affe – du siehst ihn hinter dir, wie du vor dem Spiegel stehst. Sieh wie die behaarten Affenarme sich hinter dir erheben. Bringe dein Gesicht ganz nahe an das Glas und begeistere dich an der Widerspiegelung. Begeistere dich und fürchte dich und starre stundenlang hinein. Lehne dein Gesicht gegen das Glas und versuche, um die Ecken zu schauen. Bohre deine Zehen in den Teppich. Trommle mit den Fäusten gegen den Spiegel. Presse deine Handflächen dagegen und warte stundenlang, bis das Bild zerfließt und du in dich zusammenfällst.

Mach die Augen auf, schlüpfe aus dem Bett, überquere den Flur und höre zu, wie deine Eltern streiten. Gehe den Flur entlang, Ferse zu Zehe, und fühle die harte Kante des Teppichs angenehm an deinen Füßen. Deine Mutter und dein Vater. Die Schärfe ihrer Stimmen. Fühle die grobgeknüpfte Kante und sonst nichts.

Einen Schritt, dann noch einen, dann noch einen. Den ganzen Flur hinunter. Lass deine Fingerspitzen die Wand entlanggleiten, spüre die Dellen und Falten in der Tapete, als ob du blind wärest. Schließe jetzt die Augen und sei blind. Erreiche die Küche, wo die Stimmen herkommen und durchquere den Raum, ihnen entgegen. Höre, wie sie sich heben und senken. Höre, wie sie verstummen. Sieh, wie die Eltern mit aufgerissenen Augen auf dich herunterschauen – mit Erstaunen, mit Scham, mit Überraschung. Begreife, dass du Macht über sie hast. Du hast Macht über die Eltern. Über die Welt.

*

Halte das Tablett in beiden Händen, schaue geradeaus, und gehe gemessenen Schrittes durch den hellen Speisesaal. Stelle dir vor, du hättest Scheuklappen. Du strebst kraftvoll vorwärts, wie die Pferde vor einem Bierwagen in einer Fernsehreklame. Versuche, dich an den Namen der Brauerei zu erinnern, die Brauerei aus der Reklame, um dich vom Schreien und Heulen und Zusammenbrechen abzuhalten. Denke ausschließlich daran. Der Name beginnt mit dem ersten Buchstaben des Alphabets. Wie lautet der Name. Wie lautet der Name. Wie lautet der Name.

Überquere das brüchige, nasse Linoleum in ruhigen Schritten. Sieh nichts als den leeren Stuhl vor dir. Versuche, alles andere auszublenden. Halte deinen Rücken gerade und deinen Kopf hoch. Summe verhalten eine Melodie. Summe sie lauter. Ertappe dich, wie du hilflos in eine Runde hämischer Gesichter schaust, und wende deinen Blick wieder dem Stuhl zu. Der halbzerbrochene Stuhl, die Milchpfütze darunter, der einzige leere Tisch im Raum. Verzeihe dir deine Schwäche. Mach den Mund auf und fange an zu singen, während das Gegröle hinter dir anschwillt. Singe ein Lied, das dir gefällt. Ganz gleich, welches. Singe, so laut du kannst, zu den Gesichtern hinter dir, klammere dich an das Tablett und marschiere mit langsamen, stolzen Schritten durch die dröhnende Halle. Denke an die Macht, die du in dir verbirgst.

Während du die Betonstufen zum Klassenzimmer hinaufsteigst, hoffend, dass du noch vor den anderen ankommst, spürst du das Kratzen einer Schuhspitze an deiner Ferse. Zuerst die eine, dann die andere. *Jemandem einen Platten geben*, nennt man das. Halte dich am Geländer fest, damit du nicht umfällst. Schau nicht über deine Schulter. Jetzt passiert es. Fühle es bei jedem stolpernden Schritt. Wanke das Stiegenhaus hinauf und versuche, deine Sneakers nicht zu verlieren. Spüre, wie die Tränen plötzlich kommen. Bezwinge den Drang, dich umzudrehen, um zu sehen, wie viele hinter dir sind. Versuche zu verstehen, warum niemand lacht. Versuche, die Stille zu interpretieren. Fühle die Panik in deinem Brustkorb aufsteigen, heiß und hell und unwiderstehlich. Fast wie eine Art Ekstase.

Rase die Stufen hinauf, zwei auf einmal, verliere den

rechten Schuh, stolpere auf der obersten Stufe und krümme dich im Fallen zusammen, genau wie ein Käfer. Schaue zwischen deinen Fingern hindurch, hilflos am Boden liegend, und sieh, dass es alle sind. Alle, die du im Klassenzimmer und im Speisesaal nicht sehen wolltest – oder in irgendeinem anderen beleuchteten Raum dieses Gebäudes, in dem du mehr Schmerz und Erniedrigung als je vorstellbar ertragen musstest. Höre das Gelächter, beinahe dankbar dafür, als der erste Schlag dich trifft. Schnappe nach Luft und lache vor Erleichterung, dass es endlich geschehen ist. Das Warten darauf war schlimmer als der Schmerz oder die Entwürdigung. Unvergleichlich schlimmer. Fühle das Blut in den Kopf schießen und den Rotz aus deinen Nasenlöchern fließen und wölbe deinen Rücken und winde dich in der Ekstase dieses schrecklichen und perfekten Augenblicks. Das plötzliche Bewusstsein. Eine Art Verkündigung. Die Gesichter aller Zuschauer. Die ganze Welt versammelt. Stelle dir die Gesichter deiner Mitschüler in der Menge vor, die deiner Cousins, deiner Lehrer, deiner Großeltern, deines Vater, deiner Mutter. Spüre die Tränen der Erleichterung auf deinen Wangen, deinem Kinn, deinem Hals. Frohlocke über den Geschmack des Blutes und des Schleims und der Tränen und schließlich auch über den scharfen Geruch des Urins, als du die Kontrolle endgültig verlierst. Jeder Aspekt dieses Augenblicks ist wertvoll. Alles davon definiert dich. Fixiere ihn für die Ewigkeit in deiner Erinnerung.

*

Betrachte dich im Spiegel. Die verschmierte Militärjacke, die schlaffen Jeans, die offenen Schnürsenkel, die bläulichen Lippen, die farblosen Augen. Farb- und ausdruckslos. Vollkommen unzugänglich. Auf der Oberlippe hat Haar zu sprießen begonnen, sichtbar seit über einem Jahr, und deine fahlen Wangen zeigen auch schon einen Schatten davon, aber du ignorierst den elektrischen Rasierapparat auf dem schmierigen, nach Mann riechenden Waschtisch. Dir gefällt es, dass du mit deinem spärlichen, schmutzig erscheinenden Schnurrbart wie ein Verdächtiger aussiehst. Es gibt deine Stellung in der Gesellschaft, vielleicht auch deinen Charakter, perfekt wieder.

Betrachte dich im Spiegel der Toilette des Bezirksgerichts, sieh über die geschlagen wirkenden Leute hinweg, die da hinter dir kommen und gehen, und bewundere, wie weit du schon gekommen bist. Wie weit von der Schule, von zu Hause, von dem, was die Eltern von dir erwartet hatten, als sie sich über dich im Kinderbett beugten – liebend, gleichgültig, drohend. Es scheint dir jetzt, dass alles, was du getan hast, seitdem du selbständig denken kannst, nur ein einziges, simples Ziel gehabt hat: so weit wie möglich von dort wegzukommen.

Der Nervenkitzel des Geschäfts, vom Verkaufen dessen, was du anbietest – die einfache Geldtransaktion, die Angst derjenigen, die früher dich krank gemacht haben, das Ekeln deiner sogenannten Altersgenossen, wenn sie dir ihr hart verdientes Geld schnell in die Hand drücken – das alles ist zweitrangig vor dem Gefühl, immer weiter in das Unbekannte abzurutschen, in die leeren Flächen auf der Landkarte, auf dem Plan. Rede dir ein, du wärest auf einer Entdeckungsreise. Höre den Gerichtsbeamten hinter dir deinen Namen aufrufen. Ignoriere ihn, bis er dich an der Schulter packt und anschnauzt. Sage dir, dass du dich über kurz oder lang ganz und endgültig vergessen wirst. In Monaten, vielleicht in Wochen, vielleicht sogar in Stunden. Stelle fest, dass du diesen Moment kaum noch erwarten kannst.

*

Sitze in deiner leeren und dünnwandigen Wohnung, Tage ohne Ende, ohne Licht, mit dem Fernseher an und dem Wasser, das unaufhörlich aus der kaputten Leitung tropft. Genieße den Abstand, die die absolute Klarheit des Geistes mit sich bringt. Höre die namenlose, gesichtslose Familie über dir kommen und gehen wie Kühe im Stall. Höre dem Ehepaar unter dir zu, wie sie ficken und streiten und dann wieder ficken. Bewundere das alles, die Makro- und Mikrozyklen von Zuneigung und Konflikt, so wie man das Funktionieren einer planetarischen Uhr bewundern würde. Bewundere es, studiere es und verstehe trotzdem nichts.

Leide in bewegungsloser Stille und begreife, langsam und vage, wie nahe du am totalen Vergessen bist. Empfinde dies als Wohltat. Versuche, dich zu erinnern, wann du das letzte Mal mit jemandem auch nur ein einziges Wort gesprochen hast. Erkenne, dass du keine Ahnung hast. Bemerke, wie der Raum sich mitleidslos um dich dreht. Der Schmerz, den du fühlst, ist beinahe spirituell. Nicht beinahe. Nicht beinahe. Nicht beinahe. Sage dir das laut vor, klar und ruhig, und höre dabei gespannt zu. Ist es wahr? Sage es dir zehnmal vor, dann fünfzigmal, und sage es immer weiter, bis die Wörter endlich alle Bedeutung verlieren und sich in ein beliebiges, idiotisches Geräusch verwandeln. Radio-Geplapper. Fernseh-Statik. Gamma-Strahlen. Sinnlose Daten. Ein hörbarer Virus. Die tierische Beharrlichkeit einer Krankheit in einem längst toten Körper.

★

Du bist nicht verrückt. Du bist weiterhin bei Verstand. Wenn du jetzt im Dunkeln sitzt, ohne Lust, ohne Willen, scheint das alles zu sein, was von deinem früheren *Ich* noch vorhanden ist. Die Fortführung einer unfreiwilligen Ausübung analytischer Aufgaben nach einem vorgeschriebenen Kodex. Dieses leblose Selbstbewusstsein. Diese Gedankenübung ist alles, was übrig geblieben ist. Das und ein unbezähmbarer Hass.

★

Fahre mit dem Bus #6 zum Waffengeschäft, das genau dreihundert Meter von der nächsten Schule entfernt liegt, wie gesetzlich vorgeschrieben – gleich hinter dem *CostCo*-Warenhaus. Bemerke das beleuchtete Schild: SHERMAN'S WORLD OF SPORTING GOODS. Gehe hinein, als ob dir der Laden gehören würde, als ob der Mann hinter dem Ladentisch dir etwas schulden würde, als ob du ein Bankmensch wärest, gekommen, um den Betrieb wegen Bankrott zu schließen. Zucke nicht vor dem grellen Licht zurück. Laufe nicht mit einem Schrei zur Türe hinaus. Sperre deine Furcht vor Autoritäten weg in eine kleine, dunkle, luftdichte Kammer deines Gehirns. Gehe gemächlich an den hintersten Ladentisch, den mit der Aufschrift *Verpackte Munition*, und warte in lässiger Haltung darauf, dass dir der Verkäufer Beachtung schenkt. Gib acht, dass du Gesicht und Hände entspannst.

Versuche, Selbstsicherheit auszustrahlen. Schaue bloß nicht in die Augen des stumpfen Verkäufers. Lasse deinen Blick langsam, besitzergreifend, über die Sturmgewehre schweifen, von deren Läufen ordentlich weiße Preisschildchen baumeln, über die niederen Glasvitrinen, in denen Handfeuerwaffen jeglicher Marke und jeglichen Kalibers in sorgfältig arrangierten Reihen auf einem Kiesbett ruhen, bis hin zum veralteten Computer auf dem Ladentisch und zur Tapete dahinter, die einem herbstlichen nördlichen Wald nachempfunden ist. Beachte den Verkäufer erst, wenn er dich fragt, was du kaufen möchtest. Antworte ihm in gemessenem Ton. Teile mit der Stimme eines zehn Jahre Älteren mit, dass du sieben Kartons Kaliber-40-Patronen haben willst. Lasse dich nicht zu einer Antwort herab, wenn er dich fragt, wofür du sie brauchst. Das Gesetz verlangt nicht, dass du ihm Auskunft gibst. Er will sich nur unterhalten. Lasse dich nicht zu einer gestammelten, übereifrigen Erklärung hinreißen. Er wird dir die Munition verkaufen. Du brauchst ihm nur das Geld dafür zu geben. Er macht es. Lege das Geld auf den Tisch.

Begib dich außer Reichweite deiner aufkommenden Panik. Stelle dir eine ruhige, verschwommene Zukunft vor. Antworte nicht, wenn der Verkäufer dich fragt, ob du schon einmal ein Gewehr abgefeuert hättest, auch nicht, wenn er dich verschlagen abschätzt. Achte mal drauf, wie seine Augen in ihren dunkel umrandeten, jüdisch anmutenden Höhlen herumrollen, wie in Öl eingelegte Eier. Merke, wie er heimlich seinen Mitarbeiter ansieht, seine Geringschätzung kaum verbergend. Diese fettarschige, ungepflegte Arroganz. Nicke nur flüchtig, wenn er dich fragt, ob du vielleicht Schwarzbären jagen willst.

*

Zurück in der Wohnung, die Wohnung, in der du fünf Jahre lang gelebt hast, ohne sie jemals als deine eigene zu betrachten, die Wohnung, die man dir jederzeit wegnehmen könnte, sobald du die Miete nicht mehr bezahlen kannst, das Apartment mit der bleifarbenen Luft, den papierdünnen Wänden und dem tropfenden Wasserhahn – lege alles, was du in den letzten sieben Monaten gesammelt, zusammengebastelt oder gekauft hast, sorgfältig auf die unbezogene Matratze, auf der du schläfst. Die AR-10 A2 Semiautomatic, das Zielfernrohr, der automatische Gewehrschaft, die Scharfschützenbrille, die große schwarze Munitionstasche. Arrangiere sie sorgfältig, in konzentrischen Halbkreisen, wie die Federn eines Pfaus. Gib dabei harsche, kehlige, eintönige Laute von dir, unangenehm anzuhören, wie die eines Pfaus, der sein Revier verteidigt. Bald ist es so weit.

*

Kehre zum Sportgeschäft zurück, das du vor weniger als vierundzwanzig Stunden verlassen hast, und beobachte den Verkäufer, der dich so von oben herab behandelt hat, wie er aus einem Plastikbecher trinkt – wahrscheinlich Kaffee – während er in Erwartung des morgendlichen Geschäftes die Glasplatten der Vitrinen poliert, in denen die Waffen sind. Ignoriere die anderen Angestellten, genauso, wie sie dich auch ignorieren. Fixiere ausschließlich den Verkäufer. Betrachte dies als dein Ideal und bemühe dich, ihm gerecht zu werden. Achte auf seine Schwerfälligkeit, seine Geistesabwesenheit, die Teile seines Körpers, die du nicht sehen konntest, als du gestern die sieben Packungen Munition kauftest. Stelle dir vor, wie die Patronen den Bauch des Verkäufers zerfetzen, seine Luftröhre, die erstaunlich dicken und fleischigen Oberschenkel. Sieh seinen Gesichtsausdruck vor dir, wie er rücklings durch die Glasvitrine kracht.

Stelle dir vor, wie die Zielfernrohre, Binokulare und anderes optisches Zubehör auf den Boden prasseln. Sieh den Verkäufer ein zweites Mal den Halt verlieren, als er versucht, seinen blutenden Körper aus der Schusslinie zu bringen. Warte, bis er aufsieht und dich entdeckt, wie du dastehst und ihn durch den zerkratzten Plexiglas-Eingang von SHERMAN'S WORLD OF SPORTING GOODS beobachtest. Bemühe dich, Haltung zu bewahren, als er weiter seiner morgendlichen Routine nachgeht, ohne noch einmal nach der Türe zu schauen. Fühle die Aufregung, die Vorfreude, den gerechten Zorn von deinen Gliedern langsam auslaufen. Gib einen kleinen, feuchten Seufzer von dir und schließe die Augen, um nicht zusehen zu müssen, wie dein Körper durchsichtig wird. Lasse die Augen geschlossen, solange du es aushältst. Mit noch immer fest geschlossenen Augen greifst du in deinen Beutel und holst die grelle, türkise Skimaske hervor, die du vor einem Jahr am Asphalt neben dem Müllcontainer deines Apartmenthauses gefunden hattest. Knülle die Maske in deiner kühlen, trockenen Faust. Öffne die Augen, atme ein, huste dreimal und sieh das Licht.

Sieh, wie das Licht von der gelblichen Glasplatte der Türe in dein Gesicht zurückgeworfen wird. Sieh dich selbst im Glas. Sieh dich aufrecht dastehen. Aufrecht und erwachsen. Immer noch den kleinen Affen hinter dir. Merke wieder, wie sehr du gehofft hattest, dein Spiegelbild wäre endlich verschwunden. Verschwunden zu sein, wäre das bestmögliche Resultat, aber du bist nicht verschwunden, weder du noch dein Spiegelbild, du bist noch da, du harrst aus, du weigerst dich noch, gänzlich ausgelöscht zu werden – deshalb musst du den Anweisungen folgen. Es bleibt dir nichts anderes übrig. Diese Anweisungen sind das Einzige, worauf du je gehört hast: der einzige Beweis, den du je hattest, dass anderes existiert. Anderes existiert, weil es dir die Anweisungen gibt; du existierst, weil du sie befolgst.

Folge diesen Anweisungen.

Folge diesen Anweisungen.

Folge diesen Anweisungen.

Nimm das blaugraue Flimmern in deiner Sichtachse wahr, wie du da vor dem Plexiglas stehst. Konzentriere deinen Blick jetzt auf die Oberfläche, nicht auf das, was dahinterliegt. Lasse deine Aufmerksamkeit von dem angezogen werden, was sich in dieser Oberfläche spiegelt. Vergiss den

Verkäufer und die Waffen mit den ordentlichen, weißen Schildchen, die flachen Glasvitrinen und die Ahornwaldtapete. Konzentriere dich auf die von der Morgensonne beschienenen Fensterreihen des Gebäudes, das das Plexiglas spiegelt.

Eine Reihe von Fenstern, wie polierte Kristalle, im obersten Stockwerk des Gebäudes, das genau dreihundert Meter entfernt ist von dort, wo du jetzt stehst. Eine Grundschule, gelbe Ziegel, sehr ähnlich der, die du selbst besucht hast. Vielleicht genau dieselbe Schule, vielleicht ein Simulacrum. Stelle dir den Speisesaal vor, das brüchige Linoleum, die vergilbten Kacheln, die verzerrten, anzüglich grinsenden Gesichter. Erinnere dich an das Stiegenhaus. Erinnere dich an ihr Lachen. Entschuldige deine damalige Schwäche und auch die jetzige. Das Lachen, das dich jetzt erfüllt, ist ein Lachen der Erleichterung. Lasse dich von einem Schauer der Erleichterung durchdringen. Niemand kann dich sehen oder lachen hören. Niemand mehr. Nur du existierst. Du und sonst niemand. Nichts, was sonst noch Form und Gewicht hat. Nichts außer dir und den sechs reflektierten Rechtecken. Sie bleiben in Kontakt mit dir. Und du mit ihnen.

Drehe dich um und erlaube deinen Augen, geblendet zu sein. Nimm den ersten von eintausendvierhundert verhaltenen, blinden, lahmen, neckischen Schritten. Schließe die Augen und sieh zu, wie das Gebäude dir entgegenkommt – es gleitet auf unsichtbaren Rollen, wie eine Theaterkulisse. Du selbst bist gleichzeitig Schauspieler und Publikum darin. Tritt jetzt vor und nimm deinen Platz auf dieser endlosen Bühne ein. Bewege dich wieder wie ein dreijähriges

Kind, das vom Licht an der Decke fasziniert ist. Fühle es warm hinter deinen geschlossenen Augen und stechend, wenn du sie öffnest; lasse es deinen Mund wieder füllen. Lasse das Licht Wogen schlagen und seine Farbe mit jedem deiner Atemzüge ändern. Lasse die Pflastersteine unter dir zittern und beben. Verpasse dem Erdball mit jedem Schritt eine kleine, aber deutlich zu spürende Drehung. Fühle dich allmächtig, allsehend, unfehlbar, erhaben. Empfinde weder Scham noch Zweifel, noch Furcht jeglicher Art. Dein ganzes Leben hat dich zu diesem Moment hingeführt. Nur zu diesem Moment. Nur zu diesem. Nimm das schwere Gewicht des Metalls in deinem Beutel wahr. Öffne die Augen und sieh die Schule. Sieh die Zukunft. Endlich ist es so weit. Sieh das Licht. Du bist weg.

Es begann als eine Art Puppenhaus – die Größe einer Schuhschachtel, mehr oder weniger – und kroch himmelwärts, die ursprüngliche Struktur wie von Zauberhand immer obenauf, wie die Krone eines Märchenbaums. Burr senior wirkte lächerlich, wie er im Vorgarten hockte und den niedlichen Dachkasten mit einem Pinsel aus der Aquarellkiste seiner verstorbenen Frau strich, während die mittwinterliche Feuchtigkeit die Rückseite seiner Jeans durchdrang; seine Nachbarn drückten auf die Hupe, während sie im Schritttempo vorbeifuhren, und schnitten Grimassen. Aber nach ungefähr einem Monat, als der Bau doppelte Mannshöhe und die Breite eines mittleren Wohnwagens erreicht hatte, schien der Vater nicht länger lächerlich. Eher tragisch, sogar biblisch, geradezu von alttestamentarischer Besessenheit.

Dieser Bezug beunruhigte Little Burr, aber er wollte seinen Vater nicht in Frage stellen. Er selber war mit dem Alten Testament aufgewachsen – es war ihm immer weniger abstrakt, deutlich greifbarer als das Neue vorgekommen. In Little Burrs Gehirn war die Bibel allgegenwärtig; sie rumorte immer im Hintergrund herum, auch wenn er sich irgendwo herumtrieb oder Online-Porn genoss.

«Ich will nicht jammern und sagen, dass ich das nicht verdient habe», bemerkte Little Burr zu seiner Frau Jilly.

«Warum noch mal hast du das verdient, Schatz?»

«Ich weiß auch nicht.» Nachdenklich strich er in Kreisen Butter auf ein Stück Weißbrot. «Aber ich muss etwas verbrochen haben. So etwas passiert nicht einfach so.»

Die eingetretene Stille wurde von einem fernen Hämmern unterbrochen; einem synkopischen, Bossanova-ähnlichen Rhythmus. Er stellte sich seinen Vater dabei obszön tanzend vor.

«Ich sag dir was. Du magst schon etwas verbrochen haben», sagte seine Frau schließlich. «Aber ich bin mir sicher, Schatz, dass ich mir nichts vorzuwerfen habe. Und du bist ja nicht der Einzige, der dieses – dieses *Ding* anschauen muss.»

Der erste Stock war viktorianisch, verziert und gegiebelt wie die historischen Reihenhäuser der Innenstadt. Der zweite war in vielem ähnlich – schachtelförmig, mit Pastell-Anstrich und Holzverzierungen – aber im Greek-Revival-Stil. Von Stock drei bis sechs schritten die Stile chronologisch voran, eine Art Geschichte der amerikanischen Architektur – Kolonial, Palladian, Federal, Neugotisch –, aber von Stock sieben an ging jegliches System verloren. Burr senior hatte einen Stoß alter *Architectural Digests* neben seinem Bett liegen, zusammen mit dem Immobilienteil des *Courier* – und soweit Little Burr es verfolgen konnte, imitierte der Vater einfach genau das, was ihm gerade ins Auge stach. Stock acht, zum Beispiel, war eine Art geschindelter Cape-Cod-Fiebertraum, und Stock neun wiederum schien keinerlei Bezug zur darunterliegenden Etage zu haben: Mit winzigen Fenstern, einem schrägen Teerdach und Stuckfassade glich er einer Mischung aus Hollywood-McMansion und Bordell-Hintereingang.

Jetzt war der Blick aus Little Burrs Küche vollends verstellt, und mindestens ein Drittel des Hauses, in dem er und sein Vater geboren und aufgewachsen waren, war von der Straße aus überhaupt nicht mehr sichtbar. Little Burr ahnte allmählich, dass das Familienheim völlig von seinem perversen Zwilling absorbiert werden könnte, aufgesaugt, ohne die geringste Spur zu hinterlassen.

«Woran arbeitest du, Papa?», fragte Little Burr gegen Ende der dritten Woche. Diese scheinbar spontane Frage fiel ihm schwer, auch wenn er noch so sehr versuchte, umgänglich und selbstsicher zu wirken. Er fürchtete seinen Vater keineswegs – er war nicht von ihm eingeschüchtert, er war nicht klammheimlich verbittert, auch nicht von irgendeinem Psychogeplapper im Fernsehen infiltriert –, aber die Dimension dieses letzten Projektes, das in Burr seniors sechsundsechzig Jahren Starre beispiellos war, setzte seinen Vater in ein ungewohntes Licht. Little Burr war wenig begeistert davon. Andererseits musste er zugeben, dass es dem Alten eine gewisse zwanghafte Würde verlieh: die Noblesse eines total Entrückten.

«Ich nehme an, du wirst unten an der Main Street etliches verändern», erwiderte Burr senior, während er Bobby Kempner – der gerade in seinem Kia Cabriolet mit halboffenem Dach vorbeifuhr, die Zunge herausstreckte und mit den Augen rollte – den Stinkefinger zeigte. Es war eine Geste, die Little Burr noch nie von seinem Vater gesehen hatte.

«Ich hab's nicht vorgehabt, Papa. Warum reparieren, was nicht kaputt ist? Besonders, wenn die Garantie schon abgelaufen ist. So sag ich ja immer.»

«Das sage *ich* ja immer. Du sagst es erst in letzter Zeit.»

«Okay, Papa. Wenn du meinst.»

«Natürlich wirst du Veränderungen vornehmen», wiederholte Burr senior und nahm den Bohrer auf.

Mit «Main Street» meinte er *Burrford & Sons Recreational Automotive*, wo Burr senior vor kurzem Abschied genommen hatte. Er hatte sozusagen sein Schild abgenommen, entgegen den beständigen Einsprüchen seiner Angestellten, inklusive Little Burr selbst, der sich eher im Verkaufsraum als an einem Schreibtisch sah. Sein Vater hatte ein bösartiges Vergnügen daran gehabt, ihn in den Feinheiten der Buchhaltung zu unterrichten, im Einreichen von vierteljährlichen Einkommensteuererklärungen, die die jahreszeitlich bedingten Schwankungen der Personaldecke und des Lagerbestandes wiedergaben. Der Vater genoss wahrlich jede quälende Minute. Little Burr hatte den Vater immer als das Musterbeispiel eines Christen gesehen, eine Säule der Religion – aber in letzter Zeit waren ihm da gewisse Zweifel gekommen.

Schließlich schien sich die Lage zu beruhigen. Burr senior verschwand in seiner Werkstatt im Keller, wie es einem männlichen Pensionisten laut der Fachliteratur angemessen war. Little Burr und Jilly bereiteten sich auf eine drei- bis sechsmonatige Periode passiver Aggression vor und fühlten sich beinahe betrogen, als die nicht eintrat. Besonders Jilly hätte den Alten gerne leicht reizbar erlebt – das vermutete Little Burr jedenfalls –, aber so leicht ließ der sich nicht aus der Reserve locken.

Das hatte Little Burr zumindest immer angenommen. Bis es geschah.

«Natürlich wirst du Veränderungen vornehmen», wiederholte Burr senior, während er die Wasserwaage vorsichtig auf dem flachen Dach des irgendwie mediterranen neunten Stocks balancierte. «Das ist dein gutes Recht. Ich würde weniger von dir halten, Jedediah, wenn du es nicht tätest.»

★

Gleich in dieser Nacht schlich Little Burr in das Büro seines Vaters und suchte auf dem Laptop, den Jilly Burr senior zu Weihnachten geschenkt hatte, nach dem Begriff TROTZHAUS – das war Jillys Vorschlag gewesen. Es war ein erstaunlich geläufiges Suchwort. «Trotzhaus Alexandria», «Trotzhaus Seattle» und «Trotzhaus Buenos Aires» erschienen, bevor er das Wort auch nur halb geschrieben hatte. Die Bilder, die er fand, zeigten meist schmale, aber sonst unscheinbare Gebäude, die in ebenso schmale, geradezu unwirklich kleine Parzellen gepfercht waren. Die präziseste Definition, die er finden konnte, war nicht sehr hilfreich, aber er schrieb sie trotzdem auf eine alte Quittung. «Ein Trotzhaus ist ein Gebäude, das gebaut oder umgebaut wird, um andere Nachbarn oder Parteien zu ärgern. Trotzhäuser dienen oft als Mittel zum Zweck, um Licht oder Zugang zu anderen Häusern zu blockieren, oder als flamboyante Symbole des Widerstandes.» *Flamboyante Symbole des Widerstandes*, wiederholte Little Burr, während er die Fotos von armbreiten Mietshäusern und pechschwarz gestrichenen Holzhütten durchging. Die Phrase blieb in seinem Kopf hängen.

★

«Nur, dass ich das richtig verstehe», sagte Cody Hewitt. Sie saßen am Küchentisch, und die Sonne ging gerade unter. Cody knackte mit den Fingerknöcheln, einem nach dem anderen, als würde er sich auf einen Klaviervortrag oder einen Boxkampf vorbereiten. «Du sagst, Burr senior baut ein –»

«Ein Trotzhaus.»

«Ein Trotzhaus. Okay.» Er hielt eine Luftpolsterfolie in den Händen und ließ mit seinen dicken, haarigen Fingern die einzelnen Blasen aufknallen, so lautlos wie möglich.

«Wer baut was?», fragte Charly-Anne, die gerade vom Einkaufen zurückgekommen war.

«Ein Trotzhaus», sagte Cody. «Der alte Burr baut es – sagt jedenfalls unser Gast.»

«Ich habe keine Ahnung, wovon ihr zwei Philosophen redet», sagte Charly-Anne und wandte sich wieder dem Kühlschrank zu.

«Was hältst du davon, Kleines?»

«Ich fülle den Kühlschrank, Cody, falls du das noch nicht bemerkt hast.»

«Verzeihung, Schatz. Und wo baut er das Ding?», fragte Cody, während er die Knallerei mit der Folie doppelt so schnell fortsetzte. Eigentlich hätte er den Kühlschrank füllen sollen.

«Vor dem großen Fenster.»

«Vor dem Fenster?» Pop. Pop. Pop. «Wo?»

«Genau davor. Genau da.»

Pop. Pop. «Genau da?»

«Das habe ich doch gerade gesagt.»

«Und kann man es –» Pop. Pop. Pop. «– von der Küche aus sehen?»

Little Burr beobachtete Charly-Anne, wie sie Honiggläser im Kühlschrank stapelte. Er zählte ein halbes Dutzend. Für manche Leute war Großeinkaufen eine eigene Weltanschauung.

«Man kann überhaupt nichts mehr sehen, Cody.»

«Ich höre immer noch nicht zu», sagte Charly-Anne, und kramte weiter im Kühlschrank herum.

Little Burr biss sich auf die Zunge. Man brauchte Honig doch nicht kühl zu stellen. Er atmete angespannt ein. Seine Brust fühlte sich eng an. Schmerzhaft eng.

Cody hatte sich durch die halbe Folie gearbeitet, bevor er meinte: «Klingt, als ob der alte Narr sauer ist. Vielleicht sogar –»

«Du kannst ruhig angepisst sagen», sagte Charly-Anne. «In diesem Fall ist es angebracht.»

«Aber worüber ärgert er sich denn, zum Teufel?», fragte Little Burr.

«Kein Grund zum Lautwerden», sagte Charly-Anne.

«Scheint mir ziemlich klar zu sein», meinte Cody. «Der alte Ziegenbock wird auf die Weide gestellt, der junge Ziegenbock bleibt im Stall.»

«Ziegen werden nicht auf die Weide gestellt, verdammt noch einmal. Ich dachte, du bist auf einem Bauernhof aufgewachsen.»

«Schreit nicht so!»

«War eine Weihnachtsbaumfarm», erklärte Cody.

«Guter Gott», sagte Little Burr.

«Okay, Kumpel. Ich sehe ja, dass du dich aufregst. Nimm einfach einen –»

«Er hat doch selber beschlossen, in Pension zu gehen.

Verdammt, *er* hat das beschlossen, nicht ich. Es war ja alles gut, wie es war. Jetzt muss ich im Büro sitzen – was ich im Leben nicht wollte – und der Alte lacht sich den Arsch ab. Du solltest ihn mal sehen. Was will der von mir?»

«Rauchst du wieder?» Cody schaute ihn kalt an. «Bist du auch wieder auf Haschisch?»

«Mein Gott. Kein verdammter Mensch sagt das so.»

«So redet man nicht in diesem Haus», sagte Charly-Anne. «Wir sind ja keine Proleten.»

«Ich bin als Prolet geboren, und ich sterbe als Prolet!», hörte Little Burr sich brüllen.

«Okay», seufzte Cody. Er stand langsam auf.

«Und wenn ich ein ignoranter Hinterwäldler bin, verdammt, was bist dann du?»

Charly-Anne schloss den Kühlschrank und drehte sich um. «Du warst wieder am Haschisch», sagte sie scharf. «Ich kann es riechen.»

«Ihr braucht den Honig nicht zu kühlen, ihr Idioten. Man hat Honig in ägyptischen Gräbern gefunden, der viertausend verdammte Jahre alt war!»

Draußen schlug er hart am Boden auf, brachte seine im Basistraining gelernte Falltechik nur mangelhaft an und verstauchte sich den Knöchel. Wäre nicht Schnee gelegen, hätte er sich wohl etwas gebrochen. Cody stand eine Weile über ihn gebückt, rieb sich dann die Hände, wie ein alter Gauner in einem Spielfilm, und ging zurück ins Haus. Die Tür quietschte stotternd hinter ihm zu.

★

Wieder zu Hause fand er Burr senior beim Sortieren seiner Zedernholzdachschindeln vor. Er grüßte ihn freundlich; sein Vater erwiderte den Gruß mit einem mürrischen Brummen. Die derzeitige Phase des Baus – Stock elf, wenn man das Puppenhaus dazuzählte – war im Queen-Anne-Stil gehalten, rautenförmige Fensterverglasung, Tudor-Erker, verzierte Giebel. Straßenseitig hatte Burr einen scharfwinkeligen Anbau hinzugefügt, der – wie Little Burr später herausfand – *Porte cochère* genannt wurde. Er stand neben seinem Vater, beinahe unangenehm nahe, und wartete darauf, dass der alte Mann etwas zu seiner blutenden Nase bemerken würde. Aber es kam nichts.

*

Am nächsten Tag fuhr Little Burr mit seinem Dodge Pantera zu seiner donnerstäglichen Sitzung mit Dr. Phyllis Gorfain in die Stadt. Dr. Gorfains Ordination befand sich in einem gut gepflegten Einkaufszentrum in der Vorstadt, also nicht wirklich in der Stadt, aber für Little Burr war es nahe genug. Vom Parkplatz aus konnte man die obersten Stockwerke eines Büroturms im Finanzviertel sehen; auch das *Farmers-Trust*-Gebäude, das 1993 unter großem Aufwand gebaut worden war und seither leer stand wie das Grab des Erlösers. Das hatte ihn immer gestört. Einmal, nach einer besonders erfolgreichen Sitzung, hatte Dr. Gorfain gestanden, dass es ihr auch so ging. «Alle diese leeren Räume», sagte sie und schüttelte sich unwillkürlich. «All der Staub der Jahrzehnte auf den Teppichen. Ich denke oft daran.»

Nichts davon half Little Burr, sich besser zu fühlen.

Vor seinem Termin war Little Burr oft leicht nervös, deshalb nahm er einen One-Hitter heraus – was ihn an seine Mittelschulzeit erinnerte – und kramte im Handschuhfach nach einem Feuerzeug. Der One-Hitter war klein genug, um in die Handfläche zu passen, und optisch einer Zigarette nachempfunden. Das hatte ihm immer imponiert, und das tat es noch. Er dachte oft, dass es eigentlich das Ritual war – besonders in der Halböffentlichkeit –, was seine Nerven zuverlässig beruhigte, und nicht das Haschisch selbst. Das Machtgefühl, das geheimes Wissen mit sich bringt. Bis heute hatte er alles vor Dr. Gorfain verbergen können – sie hatte ihn noch nie anders als high gesehen, was die Sache leichter machte –, aber er fürchtete, dass sie langsam dahinterkam.

«Es macht mich wütend, dass er nicht darüber *spricht*», sagte Little Burr zwanzig Minuten später, als er auf dem quietschenden IKEA-Stuhl saß, den Dr. Gorfain als Therapiecouch verwendete. «Nie hat er den Begriff ‹Trotzhaus› erwähnt. Ich musste ihn auf dem scheiß Computer suchen. *Seinem* verdammten Computer.»

«Ich möchte, dass Sie mich ansehen, wenn Sie mit mir sprechen», sagte Dr. Gorfain ruhig. «Wir haben das letzte Mal darüber gesprochen. Erinnern Sie sich?»

Little Burr bemühte sich, ihr in die Augen zu schauen, während er bis sechs zählte. Burr senior hatte ihm die Relevanz eines festen Handschlags und Augenkontaktes eingebläut – sowohl in gesellschaftlichen als auch in geschäftlichen Situationen. Aber mit Frauen war es anders. Ob attraktiv oder nicht, dumm oder intelligent, bei Frauen fühlte er sich immer vier Zentimeter größer, und das in alle

Richtungen. Das hätte eigentlich ein ermutigendes Gefühl sein sollen, aber Little Burr empfand es nicht so. Er war groß genug, wie er war. Es war angenehm zu wissen, wo genau er aufhörte und wo die Außenwelt begann. Das war sogar sehr gut zu wissen.

«Ich bin hier, um über Burr senior zu sprechen», sagte er, rauer als gewollt. «Soll ich das einfach zulassen? Soll ich alles einfach geschehen lassen?»

«Lassen Sie mich etwas fragen», sagte Dr. Gorfain. «Was, meinen Sie, stellt das Miniaturhaus dar – aus der Sicht Ihres Vaters?»

Little Burr bemühte sich, ernsthaft über diese Frage nachzudenken. «Ich weiß es nicht», sagte er schließlich.

«Raten Sie.»

«Ein größeres Haus?»

Dr. Gorfain nickte langsam. «Jedediah, tun Sie mir einen persönlichen Gefallen. Ich bitte Sie, vor unserem Termin kein Haschisch mehr zu rauchen.»

Little Burr musste grinsen – genau das Gegenteil von dem, was er wollte. «Entschuldigung, Dr. Gorfain, es ist nur so – wissen Sie – die Geschichte mit meinem Vater –»

«Ich habe selbst etwas nachgeforscht, seit wir das Thema letzte Woche besprochen haben.» Sie öffnete eine Lade neben ihrem IKEA-Sessel und brachte ein paar bedruckte Seiten hervor. «Der Begriff ‹Trotzhaus›», las sie, leicht blinzelnd, «bezieht sich auf eine alte Südstaaten-Sitte, geächtete Familienmitglieder in sehr kleine Häuser, gebaut am Familiengrund, zu verbannen, wo sie in Einsamkeit ihre Strafe absitzen sollen – dafür, dass sie die Familie beschämt haben.»

Little Burr schaute sie verständnislos an und war froh, ihrem leicht trüben Blick begegnen zu können. «Was heißt verbannt, in dem Sinn?»

«Gemieden. Bestraft. Hinausgeschmissen.»

«Okay», sagte er. «Wenn wir in unserem Fall von bestrafen sprechen wollen – ich muss sagen, wenn einer hier Strafen austeilt, ist es mein Vater.»

«Warum meinen Sie das, Jedediah? Warum fühlen Sie sich bestraft?»

Er zog Luft ein. «Es ist das Ding», sagte er schließlich. «Er hat es direkt vor das Küchenfenster gestellt.»

«Ja? Und?»

«Abends, wenn Jilly mit dem Kochen fertig ist, muss ich abwaschen. Die Spüle ist genau da, wissen Sie, neben dem Fenster. Dort hatte man früher eine Aussicht. Die Scheune von den Foulks und den kleinen Hemlock-Bestand, und die Einfahrt mit all den tollen Wagen von den Foulks.» Er war einen Moment still. «Die haben schöne Autos. Einfach schön. Sie verstehen sicher, was ich meine. Gepflegt.»

«Ich verstehe. Und?»

«Jetzt kann man nur noch das scheiß selbstgebastelte Hochhaus sehen.» Er schloss seine Augen. «Und ihn.»

«Ihn? Wie meinen Sie das?»

Little Burr ließ den Atem leicht pfeifend durch seine Zähne entweichen. «Er geht absichtlich abends raus, wenn ich abwasche. Er steht einfach da, oder er schmirgelt mit einem Streifen Nr.-2-Sandpapier ein bisschen herum. Und währenddessen starrt er mich an.»

Dr. Gorfain war einen Moment still. «Um das Bauprojekt Ihres Vaters zu verstehen –»

Little Burr hörte sich prusten. «Bauprojekt!»

«Um es sinngemäß so zu verstehen, dass ein Familienmitglied in ein Nebenhaus abgeschoben wird –»

«Ich versteh, ich versteh», platzte Little Burr hinein. Er unterbrach schon wieder jemanden, vollkommen hilflos, genau wie bei Cody und Charly-Anne. Diesmal wenigstens hatte er für das Privileg bezahlt.

«Ja, Jedediah?», fragte Dr. Gorfain nachsichtig.

«Jetzt sehe ich, worauf Sie hinauswollen. Ich bin ja nicht blöd. Er baut ein Nebengelass, das meinen Sie. Er – wie Sie sagen – er… verbannt sich.»

Dr. Gorfain beobachtete ihn eine Weile mit einem aufmunternden Lächeln, als hätte er die richtige Antwort parat gehabt. Was sie aber schließlich sagte, war:

«Ich finde es interessant, dass Sie annehmen, Ihr Vater würde selbst dort einziehen wollen.»

Little Burr räusperte sich. «Aber Sie haben doch gesagt –»

«Es gibt auch eine andere Möglichkeit. Nicht wahr?»

Little Burr runzelte die Stirn und wartete. Immer noch lächelte sie milde.

«Welche?», sagte er schwerfällig.

«Dass er das Trotzhaus – wenn Sie es so nennen wollen – nicht für sich selbst baut. Sondern für Sie.»

Mit einem fürchterlichen Jucken in den Augen starrte er sie an, solange er es durchhielt. «Schwachsinn», sagte er endlich.

★

Dr. Gorfains Theorie aber hatte sich in seinem Gehirn festgesetzt und ließ ihn nicht los. Vielleicht war es seine geistige Verfassung, die nach den Donnerstagsitzungen nie besonders klar war, aber er fuhr langsamer als gewöhnlich nach Hause. Immer wieder ging er das Gespräch in Gedanken durch. Nach Dr. Gorfains Definition war das Haus nicht einfach eine Kuriosität wie etwa ein Koiteich oder ein Pavillon im Adirondack-Stil; nein, es war – zumindest theoretisch – zum Bewohnen gebaut. Und wenn das stimmte – hier erinnerte er sich an den starren, leeren Blick seines Vaters –, war es möglich, ja sogar wahrscheinlich, dass Burr senior beim Bauen Little Burr im Sinn hatte. Das war natürlich ein kindischer, ein geradezu irrer Gedanke, aber er wurde ihn tagelang nicht los.

*

Burr senior kniete in der Einfahrt, als sein Sohn zurückkam, und schnitt gerade ein Stück Plastikverkleidung in Streifen. Die aktuelle Bauphase schien den Familiensitz in klein darzustellen. Little Burr setzte sich seinem Vater gegenüber, wobei die Plastikstreifen eine Art Abtrennung bildeten, und begann zu sprechen, ohne auf ein Zeichen des Erkennens zu warten.

«Was baust du da, Papa? Könntest du mir das endlich mal erklären? Ich warte schon so lange darauf. Was zum Teufel baust du da?»

Burr senior aber schien nicht zu hören. Er war sich seiner Umgebung nicht bewusst. Seine Welt schien sich auf die Plastikverkleidung zu beschränken. Dann, zur Überraschung seines Sohnes, hob er plötzlich die Augenbrauen und sagte friedlich: «Ein Haus», als sei es das Natürlichste der Welt.

«Ein Haus», widertonte Little Burr. «Okay.»

«Okay», sagte der Vater und wandte sich wieder der Arbeit zu.

«Halt, Papa. Einen Moment. Wir reden noch.»

Wieder überraschte ihn der Vater – diesmal schmunzelte er. «Klar, Jedediah. Da kann ich nichts dagegen einwenden.»

«Also warte eine Sekunde.» Little Burr zwickte sein Nasenseptum, ein Trick, den ihm Dr. Gorfain beigebracht hatte, um Druck abzulassen. «Wenn das ein Haus werden soll, was du da machst – also, ein *Haus* ist im Allgemeinen ein Bau, in dem jemand *lebt*.»

Sein Vater beobachtete ihn mit mildem, aber stetem Interesse.

«Siehst du, worauf ich hinauswill?»

«Was, Jedediah?»

«Für wen ist das Haus? Für dich, meine ich, oder –»

«Ich habe ein Problem», sagte der Vater, «mit dem ich nicht zurechtkomme.»

Little Burr zwickte wieder sein Septum. «Okay. Gut. Was –»

«Ich spreche von zwei Parallelen», fuhr er fort, «die sich einander allmählich nähern. Zumindest scheint es so, aus einer gewissen Perspektive. Aber sie berühren sich nie.»

Diesmal blieb Little Burr stumm. Burr senior ließ seine Hand über die Kerben der Plastikoberfläche gleiten – leicht versonnen, als hätte er so etwas noch nie gesehen.

«Letzte Nacht habe ich versucht, mich in meinem Schlaf-zimmer zu orientieren.»

«In deinem Schlafzimmer?»

«Genau da. Mein Schlafzimmer in dem Haus, in dem ich fast mein ganzes Leben verbracht habe.» Er hustete leicht in seine Faust, und Little Burr bemerkte, dass er einen Kinderfäustling trug. Die zweite Hand war bloß.

«Papa –»

«Ich bin aufgewacht und sah die Linien. Aber sie berührten sich nicht. Nie. Ich wusste natürlich, dass mein Körper im Raum war, aber ich konnte ihn nicht fühlen.» Er wandte sich Little Burr zu. «Ich kann dich, zum Beispiel, jetzt sehen, sehen und begreifen – aber in anderer Hinsicht, wieder nicht.»

«Vielleicht bin ich zu blöd, um dich jetzt zu verstehen. Was soll das jetzt wieder heißen – du kannst mich nicht sehen?»

«Mach dir keine Sorgen, Jedediah. Ich spinne nur so rum, mehr nicht.» Sein Vater lächelte. «Ich habe ja jetzt genug Zeit, du weißt schon, tagsüber. Ein Mann wird dadurch – na ja, er kommt halt ins Sinnieren.»

Little Burr knirschte mit den Zähnen und starrte seinen Vater an. Es kam ihm vor, als verlöre er eine Debatte, die mit hohem Einsatz geführt wurde, die aber letztlich nichts bedeutete.

«Du musst mit dem Bauen aufhören, Papa. Der Besitz gehört genauso sehr mir wie dir, und ich – ich erlaube das nicht. Es ärgert Jilly, es nervt die Nachbarn, es ärgert mich. Du musst damit aufhören. Das hier ist nicht Leviticus, nicht Genesis – auch nicht die Offenbarung. Das ist 86

North Crescent, Columbus, Ohio, und wir würden gerne unsere Wiese wiederhaben.»

Sein Vater blieb still. Die Stille schien endlos. Es war keine verdrießliche oder vorwurfsvolle Stille – Burr senior schien sich einfach aus der Konversation verabschiedet zu haben, wegen unvorhersehbarer Umstände.

«Verstehst du mich, Papa? Ich versuche, dir zu sagen –»

«Ich habe in meinem Leben vielen Leuten weh getan», sagte Burr senior leise. «Ich habe viele nette, anständige Leute gekränkt. Sogar dich, Jedediah. Bestimmt auch deine liebe Mutter. Es tut mir leid.»

Das hatte alles keinen Sinn, aber trotzdem war Little Burr nach weinen zumute. «Das stimmt doch nicht, Papa. Du hast mir nie –»

«Die Sache mit den Frauen ist die…», sagte Burr senior. Dann hielt er gedankenverloren inne.

«Was redest du da, Papa? Was für Frauen?»

«Die Sache mit den Frauen ist, dass sie sich immer so verdammt nett herrichten. Sie gehen aus – zu einer Party, zum Beispiel, oder einer Tanzerei – und sehen aus wie Göttinnen.» Er nickte. «Aber wenn man nicht vorsichtig ist, dann, wenn man sie mit nach Hause nimmt, wenn der ganze Putz abfällt und sie sich entschuldigen, um ihr Gesicht zu waschen – ja. Wenn du nicht aufpasst, verwandeln sie sich in kleine Männlein.»

«Wie bitte?», murmelte Little Burr. «Was soll das heißen, Papa? Kleine Männlein?»

Sein Vater atmete langsam aus und sank leicht nach vorne. «Das habe ich doch gerade gesagt, Jedediah. Kleine Männlein.»

★

So beschämend es auch war: Little Burrs erste Reaktion, nachdem er erkannt hatte, dass sein Vater den Verstand verlor, war Erleichterung. Unter anderem konnte er jetzt aufhören, sich Gedanken zu machen, wofür das Trotzhaus da war. Es war der physikalische, ästhetische, und architektonische Ausdruck der Demenz seines Vaters. Es war das und sonst gar nichts. Little Burr verstand es jetzt, im Zusammenhang mit der Krankheit. Man konnte darüber besorgt sein, aber musste es nicht fürchten. Ein Haus ohne Bewohner, unbrauchbar, funktionslos, wirr wie der Geist seines Schöpfers. So verstand Little Burr nun das Haus, so hatte er es zu verstehen, und im ersten Moment fühlte er sich befreit. Eine Stunde verstrich, bevor ihn die Trauer überkam.

Gleich am Montag in der Früh fuhr er Burr senior zu einem Spezialisten, von Dr. Gorfain persönlich empfohlen. Dr. Veronica Fearer war urban, gelassen und beruhigend groß. Sie strahlte körperliche Fitness und Autorität aus. In ihrer Gegenwart empfand Little Burr ein leichtes, aber beständiges Schuldgefühl, das er sich nicht erklären konnte; er war erleichtert, als er merkte, dass Dr. Fearer keinerlei Notiz von ihm zu nehmen schien.

Burr senior war an diesem Morgen bemerkenswert scharfsinnig – so sehr, dass es Little Burr geradezu peinlich war, seinen Vater überhaupt in Dr. Fearers Praxis gebracht zu haben. Der Warteraum schien Allergien hervorzurufen. Nacken und Knöchel begannen zu jucken. Little Burr beobachtete Dr. Fearers kundige Finger, wie sie die

Blutdruckmanschette über den erstaunlich muskulösen Oberarm seines Vaters streifte. Würde er das gleiche Unwohlsein verspüren, wenn sie nicht so gut angezogen und attraktiv wäre? Das war eigentlich keine Frage, die er sich oft stellte – eigentlich noch nie –, und er erkannte so, dass sein Vater recht hatte. Männer eines gewissen Alters haben die Tendenz, nachdenklich zu werden. Zu sinnieren. Sich die wichtigen Fragen zu stellen.

Nachdem sie Burr seniors Blutdruck gemessen und Hals, Nase, Ohren, Herz geprüft hatte, bat Doktor Fearer Little Burr in freundlichem Ton – sie schien ihn jetzt überhaupt zum ersten Mal wahrzunehmen – den Raum zu verlassen. Little Burr tat ihr diesen Gefallen nur zu gerne. Er verbrachte die nächsten fünfundzwanzig Minuten in seinem Auto und versuchte, das Jucken zu ignorieren, indem er sich auf einem kanadischen Sender die Debatte über ein in Ottawa bevorstehendes, neues Steuergesetz anhörte. Es war irgendwie berauschend, zwei gebildeten, vernünftigen Stimmen zuzuhören, die die Vor- und Nachteile von etwas Wichtigem diskutierten, das ihn in keinster Weise betraf. Little Burr fühlte sich kurz fast entspannt. Aber dann summte sein Telefon, und er eilte zurück in die Ordination. Doktor Fearer deutete auf einen Stuhl und sagte: «Ihrem Vater fehlt überhaupt nichts.»

«Danke schön», stammelte Little Burr.

«Wie bitte?»

«Für Ihre Diagnose, meine ich. Es ist gut zu wissen, dass er gesund ist. Mir fällt ein Stein vom Herzen, natürlich. Aber da ist dieses Ding, das er baut –»

«Das Haus», erwiderte Dr. Fearer knapp.

Little Burr blinzelte. «Ja. Richtig. Das ist das Ding.»

«Ich bin Ärztin, Herr Burrford. Keine Architektin. Ihr Vater ist körperlich gesund.»

«Wie bitte? Natürlich, Frau Doktor, ich wundere mich nur – sein, äh, Verhalten –»

«Auch kein Psychiater.»

Da war irgendwo ein Scherz verborgen, er war sich sicher, aber Doktor Fearer zeigte keinerlei Lächeln. Es kam ihm eigenartig vor, dass sein erster Eindruck von ihr so beruhigend gewesen war.

«Du hörst die Dame», sagte Burr senior. «Wir verschwenden nur Zeit. Ich hab zu tun.»

*

Auf der Fahrt zurück nach 86 North Crescent versuchte er zum dritten Mal, das brisante Thema anzuschneiden.

«Ich vermute, dein Projekt ist eine Art künstlerische Selbstdarstellung, wie ein Gemälde, oder –» Er hielt inne. «Oder eine, äh, Tapisserie.»

Burr senior erwiderte nichts.

«Gut! Ich nehme einfach an, dass es so ist. Ist da was dran?»

«Doktor *Fearer*», murmelte sein Vater. «Was für ein Name.»

«Ich habe dich etwas gefragt. Reden wir jetzt nicht mehr miteinander?»

«Ich habe gesehen, wie du die Frau angesehen hast, Jedediah. Ihre Hände, ihren Hintern. Glaub bitte nicht, ich hätte das nicht bemerkt.»

Es war keine Missbilligung, keine Schmähung in seiner Stimme, aber es brachte Little Burr trotzdem durcheinander. «Diese Frau ist Ärztin, Papa. Eine *Ärztin*. Hörst du? Ich habe dich quer durch Pulaski County in ihre Ordination gefahren. Ich habe es getan, weil eine lizenzierte Fachkraft –»

«Und wer mag das gewesen sein?», sagte Burr senior. «Dein Klapsdoktor?»

«Ich hab's dir selbst erzählt. Tu nicht so, als hättest du gerade einen Treffer gegen mich gelandet. Ich mach mir Sorgen um dich, Papa, falls du das noch nicht bemerkt hast. Dr. Gorfain –»

«Diese Gorfain», sagte der Vater. «Ich habe mich schon gewundert.»

«Inwiefern, bitte?»

«Ist die auch so eine heiße Nummer? Hochmütig und stattlich? Ein Vulkan?»

Little Burr fuhr an den Straßenrand. «Verdammt noch einmal! Sag mir nur, was das soll. Gib mir eine direkte Scheißantwort, Papa. Jetzt, sofort!»

Stille. Als er das letzte Mal seinem Vater gegenüber so unflätig geworden war, hatte er noch Zahnspangen. Ihm war schlecht, er fühlte sich in die Enge getrieben, sich selbst fremd. Es war nicht er, der diese Worte gesprochen hatte. Er war nicht derjenige.

«Ich muss es wissen, Papa.»

«Es ist ein Haus», sagte der Vater.

«Das hast du mir schon tausendmal gesagt. Ich will wissen, für wen.»

«Doktor Fearer.»

Little Burr schaute ihn scharf an. «Versuchst du mir weiszumachen –»

«Sie hat meinen Schwanz berührt. Mit einem Stab.»

★

Charly-Anne und Cody kamen am nächsten Tag zur Visite. Während Little Burr mit seinem Vater unterwegs war, hatte Jilly sie angerufen, um Frieden zu schließen. Alles war vergessen. Sie standen auf der Wiese – oder was davon übrig war – in einem perfekten Halbmond, wie Druiden vor Stonehenge. Cody starrte das Ding an und presste seine großen Handflächen zusammen.

«Ein Trotzhaus», sagte er. «So hast du es genannt.»

Little Burr wiegte im Stillen seinen Cocktail in der Hand.

«Also, *ich* finde es schön», sagte Charly-Anne vergnügt. «Schau dir die Details an. Ich finde, so etwas sollte gefördert werden.»

«Ich habe die Haustüre frisch gestrichen», sagte Little Burr etwas zu laut. «Was hältst du davon?»

Charly-Anne reckte ihren Hals. «Ich kann's von hier gar nicht sehen.»

«Eben.»

Jilly warf ihm einen vielsagenden Blick zu.

«Woher weißt du das?», fragte Cody.

Little Burr stellte seinen Drink in die Einfahrt. «Woher weiß ich was?»

«Ich frage, woher du weißt, dass es so etwas ist – dieses Wort, das du verwendet hast. Trotzhaus.»

«Das sagt man doch nur so», sagte Charly-Anne.

«Ich muss sagen, ich sehe den Trotz nicht», sagte Cody. «Ich sehe von hier aus Arbeitsstunden. Liebevolle Mühe. Siehst du das auch so, Schatz?»

Charly-Anne seufzte. «Sicher.»

Little Burr beobachtete sie und war schwer versucht, gleich wieder zu fluchen. Wahrscheinlich erwarteten sie das. Er war im Moment nicht high – nicht im Geringsten. Eine Welt, in der man kein Empfinden für ästhetische Verbrechen übrighatte, machte das Highwerden überflüssig.

Nachdenklich umging Jilly den Bau. «Hat eine komische Form.»

«Eine Art Pyramide», fügte Cody hinzu. «Eine Pyramide mit viktorianischem Schnickschnack.»

«Eine *komische* Form?», brüllte Little Burr Charly-Anne an. «Das ist ein verdammter Frankenstein!»

«Jetzt geht *das* wieder los», seufzte Cody.

Diesmal konnte Little Burr sich noch rechtzeitig bremsen. Es half, dass er sich daran erinnerte, wie er bäuchlings in Codys und Charly-Annes Einfahrt gelegen hatte.

Erst nachdem sie heimgegangen waren, fing Little Burr an, sich zu wundern, wo sein Vater sich die ganze Zeit versteckt gehalten hatte.

★

Am nächsten Morgen erschien Burr senior nicht zum Frühstück. Der kleine Raum an der Rückseite des Hauses, in dem er sich nach seiner Pensionierung zurückgezogen hatte, war leer, ebenso wie sein meist mit militärischer Strenge gemachtes Bett. Zum ersten Mal seit langem hörte man kein Hämmern und Sägen aus seiner Werkstatt. Little Burr suchte ihn im Garten, bei den Nachbarn und – obwohl Sonntag war – bei *Burrford & Sons Recreational Automotive*. Vor lauter Sorge musste er siebenmal auf die Toilette. Erst als er den Tränen nahe war, klopfte ihm Jilly auf die Schulter und brach in ihr lautes, dröhnendes Lachen aus.

«Wie dumm sind wir eigentlich?»

Er hatte sich immer schon schwergetan mit rhetorischen Fragen. «Um Gottes willen, Jilly. Ich versuche mein Bestes –»

«Das Ding, du Idiot. Er versteckt sich in dem *Ding*.»

Er starrte sie an. «Meinst du draußen, in dem –?»

«Es ist ja ein Haus, oder? Wir hätten gleich dort nachsehen sollen.»

Er drehte sich widerwillig, fast ängstlich, in seinem Stuhl um und folgte Jillys Blick durch das Küchenfenster. Natürlich hatte seine Frau recht – sie hätten gleich dort suchen sollen. Dagegen sprach allerdings ein triftiger Grund: seines Wissens nach hatte das Gebäude keine Türe.

Die Sonne senkte sich gerade, als Little Burr ins Freie trat. Das Ding war eher ein verrückter Kirchturm als eine Pyramide, dachte er – und wenn eine Pyramide, dann eine von den beinahe uneinnehmbar heiligen Gebäuden, die die Maya in Yucatán errichtet hatten – mit all ihren Assoziationen zu Menschenopfern. Ein Schattenfinger streckte sich anklagend vom Sockel des Baus bis hin zum Küchenfenster, wo Jilly und er kurz zuvor noch gestanden hatten. Als er die feuchte, dunkle Wiese überquerte, musste er wieder an Stonehenge denken und an dessen angebliche (wenn auch völlig unbestätigte) astrologische Bedeutung. Es war kein Licht zu sehen, weder in den beinahe normal großen Erkern auf Augenhöhe noch in den winzigen Rauten ganz oben. Jetzt hatte er Angst. Das konnte er nicht leugnen.

«Papa?», rief er, während er starr am Rand des Schattens stand und versuchte, sich gegen das, was auf ihn zukommen könnte, zu wappnen. Der Drang wegzulaufen war mächtig. Hatte er sich immer schon vor seinem Vater gefürchtet? Hatte er sich immer vor allem gefürchtet, was er sah, hörte und anfasste? Nein, sagte er sich. Absolut nicht. Es war das *Ding*, das ihn so verstörte. Die Furcht vor seinem Vater begann in dem Augenblick, als Little Burr aufhörte, ihn zu verstehen.

«Papa!», rief er wieder, lauter diesmal. Keine Antwort. Die vielen kleinen Glasfenster schimmerten flach, bedrohlich, teilnahmslos, wie das Facettenauge eines riesigen Insekts. Langsam umging er den *Bau*, wie Charly-Anne es tags zuvor getan hatte, und widmete ihm seine ganze Konzentration. Er bemühte sich sogar – soweit er konnte – ihn als etwas zu sehen, was gefördert werden sollte. Aber der Bau weigerte sich, sich ihm zu offenbaren. Er wehrte sich. Er hatte nichts mit Little Burr zu tun.

In dem Augenblick bemerkte Little Burr eine Bewegung hinter einem Fenster im untersten Stock. Eine unbestimmte schwarze Form vor einer noch tieferen Schwärze, zuckend und schleichend, ein fast unsichtbares Zittern. Er blieb gebannt stehen, wie an die Wiese geklebt. Er sah seinen Vater, es konnte sonst niemand sein, und doch wurden seine Augen feucht vor Angst. Die Unbestimmtheit der Gestalt ließ sie beinahe monströs erscheinen. Eine fahle Hand tauchte gespenstisch aus der Dunkelheit auf; ein leises Tappen war zu vernehmen – anscheinend, um seine Aufmerksamkeit zu erregen – und sein Vater öffnete das Fenster, um ihn einzulassen.

Das Innere des Baus war noch düsterer und erdrückender, als Little Burr es sich vorgestellt hatte. Als er sich durch das Fenster zwängte, sah er das Gesicht seines Vaters; aber als er endlich wieder Boden unter den Füßen hatte, war Burr senior schon verschwunden. Das Bild, das in seinem Kopf zurückblieb, war das einer blutleeren Maske, flach wie ein Fisch – als ob die Zeit, die sein Vater eingeschlossen in der Finsternis verbracht hatte, ihn schlüpfrig und blind werden ließen.

Little Burr schwankte auf seinen Fersen und versuchte vergebens, sich zu orientieren. Das Fenster war hinter ihm, dessen war er sich sicher, und die Sonne war untergegangen. Er hörte seinen Vater atmen, konnte ihn aber nicht ausmachen. Vielleicht war er selbst erblindet. Die Finsternis um ihn stank nach Kreosot und Teer. Er glaubte, auch Hopfen zu riechen, vielleicht auch Haschisch, aber das war im Grunde unmöglich. Der Boden hinter ihm knarrte. Sein Vater tauchte vor ihm auf und reichte ihm ein Bier.

«Braust du hier Bier, Pops?»

«Quatsch. Das ist Coors.»

Little Burr hielt die Flasche nahe an sein Gesicht und schielte auf das Etikett. Das Angebot war sicher eine Geste von besonderem Gewicht. Er machte die Flasche auf und nahm einen langen, langsamen Schluck. Das Bier war kalt und dünn und unglaublich köstlich. Er hatte gar nicht bemerkt, wie heiß es drinnen war. Der alte Mann schürzte die Lippen und sah ihm beim Trinken zu.

«Das schmeckt aber wirklich, Papa. Hast du hier einen Kühlschrank? Hast du überhaupt Strom?»

«Junge», sagte der Vater, «was ich hier nicht habe, brauche ich nicht.»

«Wir möchten aber doch, dass du herauskommst. Wenigstens zum Abendessen.»

«Von wem sprichst du? Von welchem Wir?»

«Nur Jilly und ich. Sie macht gebratenes Hühnchen und Linsen.» Er hielt inne. «Jillys Hühnchen magst du doch.»

«Das ist nett von euch beiden. Es rührt mich. Aber lieber nicht.»

Es folgte eine verlegene Pause. Little Burr drehte seine Flasche zwischen den Händen. Der Bau knarrte eigenartig, als wenn Wind aufgekommen wäre oder jemand in einem der winzigen oberen Zimmer herumginge.

«Du hast hier alles, sagst du? Alles, was du brauchst?»

Keine Antwort vom Vater.

«Ist das dann dein Clubhaus? So etwas, was Kinder im Garten aufstellen? Ich könnte das verstehen. Du hast zwar deinen Raum im Keller, aber –»

«Leute werden kommen, Jedediah, und dich zu mir befragen. Sie werden herkommen und fragen. Verstehst du? Du musst dich vorbereiten.»

«Ich weiß nicht –»

«Wenn du nicht vorbereitet bist, werden sie deine Verwirrung nutzen. Der weise Mann betrachtet sein Grundstück aus dem Blickwinkel einer Taube.»

«Okay», erwiderte Little Burr, beinahe heiter. «Okay.» Diese Phrase diente als Platzhalter – als Markierung, bis er begreifen würde, was zum Teufel das alles sollte. Sicher war das irgendein Zitat aus der Bibel. Daran konnte man sich festhalten.

«Trink dein Bier, Jedediah.» Sein Vater nickte eine Weile. «Also. Diese Linien, von denen ich dir erzählt habe.»

«Linien, Papa?»

«Die parallelen Linien. Die Abschnitte, die sich einander näherten, aber nie trafen.»

«Natürlich! Ich erinnere mich. Ich bin vielleicht nur ein bisschen –»

«Sie sind endlich zusammengetroffen», sagte der alte Mann. «Jetzt berühren sie sich.»

«Wirklich?» Aus irgendeinem Grund fuhr ein Schauer durch Little Burr.

«Sie sind zusammengekommen, Jedediah. Es ist einfach wunderbar.»

«Papa», sagte Little Burr vorsichtig. «Ich bitte dich, komm mit mir zurück ins Haus und erzähle Jilly, was geschehen ist. Sie kocht gerade das Abendessen. Ich bin sicher, sie würde auch gerne –»

«Verdammt! Hast du ein einziges Wort von dem verstanden, was ich dir gesagt habe?», fauchte der Vater und überragte seinen Sohn plötzlich wieder, so wie er es in der Kindheit zuletzt getan hatte. Seine weißen Haare standen ihm nach allen Seiten vom Kopf, wie die Mähne eines altersschwachen Wüstenpropheten. Er war biblisch, tragisch, von alttestamentarischer Besessenheit.

«Erlaube mir, dich aufzuklären, Jedediah. Seit dem ersten Tag hast du angenommen, dass sich alles um dich dreht – dass alles für dich gebaut und gespielt wurde. Welch Hochmut.»

«Papa, ich –»

«Bist du an der Wahrheit interessiert?»

Little Burr öffnete den Mund und schloss ihn gleich wieder.

«Ich habe das Haus für keinen Menschen gebaut. Keinen einzigen.» Sein Vater stand so aufrecht, dass seine weißen Haarspitzen die Decke streiften. Er reckte den Zeigefinger himmelwärts. «Zum Teufel, hörst du mir endlich zu?»

In dem Augenblick verlagerte sich etwas in Little Burrs Psyche; ein Hebel wurde sachte umgelegt. Als er sich an Burr senior vorbeizwängte, hatte er Tränen in den Augen. Mit schweren Schritten überquerte er die Wiese, stolperte mehrmals und trat durch die Haustüre, ohne sie hinter sich zuzuziehen. Jilly sagte etwas, als er in die Küche stürmte, sagte es noch einmal und noch einmal – aber was für eine Sprache sprach sie? Ihre Stimme verfolgte ihn bis in den zweiten Stock, den Flur hinunter zur Besenkammer und schwand erst, als er die Türe hinter sich schloss. Er fand den Lichtschalter – die plötzliche Helligkeit blendete ihn, stach ihm in die Augen, als seine Hände die Aluminiumleiter ergriffen. Er war seit Jahren nicht mehr am Dach gewesen, nicht, seit der Kamin neu verputzt worden war. Ob das Dach wohl halten würde, dachte er vage, als er die Falltüre anhob. Dann trat er hinaus in die Nachtluft und schaute auf die Dächer der Nachbarhäuser, mit nichts als den Baumkronen und dem Firmament über ihm, und schöpfte Atem.

Das Dach wurde auf der dem Bau zugewandten Seite schmaler. Er musste sich zur Vorsicht zwingen, mit einem Fuß auf jeder Seite des Firsts zu gehen. Erst im letzten

Sommer hatten sie die alten, glatten Schindeln durch Teerpappe ersetzt – eine Entscheidung, der sich sein Vater bitter widersetzt hatte – nun aber war Little Burr heilfroh darüber. Seine Beine waren nun weit gespreizt, in einem V, und seine Arme kneteten die blaue Nachtluft förmlich. Die Teerpappe kratzte an seinen Schuhen. Wie immer, wenn er hoch oben war, stellte er sich die vielen Flugbahnen vor, die sein hilfloser Körper auf dem Weg zur Erde nehmen könnte. Sein Tod, wenn er jetzt kommen würde, wäre weder nobel noch romantisch. Er würde auf die Wiese krachen wie ein Sack Kompost.

Er war etwa vier Schritte von der Dachkante entfernt, als der Bau in Sichtweite kam. Er lag ganz im Dunkeln. In den paar Tagen, in denen sich sein Vater darin verborgen hatte, schien die Struktur weiter gewachsen zu sein. Little Burr sah sie nun aus einem ganz anderen Blickwinkel: nicht mehr als Fußgänger, als Opfer, als Kind. Er sah sie wie jemand, der in einem Helikopter darüber hinwegflog, oder eine Taube oder ein Engel oder Gott. Trotz der Dunkelheit war die Silhouette gestochen scharf. Ihm wurde klar, dass sein Vater von ebendiesem Punkt darauf hinuntergeschaut haben musste, dass er die Treppe und die Leiter oft bestiegen haben musste, um den Fortschritt des Baus zu beurteilen. Es sah ganz anders aus, als er es von seinem erdgebundenen Standort aus erwartet hatte. Little Burr betrachtete das Werk seines Vaters und fand es gut.

Wie sein alter Herr zu erklären versucht hatte, war der Bau geplant, um von oben gesehen zu werden: Man konnte ihn nur wertschätzen – konnte ihn nur verstehen –, wenn man ihn genau so sah. Vom Boden aus wirkte seine

Zikkurat-ähnliche Form beliebig. Little Burr unterdrückte einen Laut, der zugleich Schluchzen, Lachen und Fluch war. Endlich sah er den Bau, wie er wirklich war – in all seiner scheußlichen, profanen, priapischen Glorie. Von der Straße aus war er nur grotesk; von oben gesehen war er obszön. Der alte Mann hatte nie geleugnet, dass es ein Trotzhaus war – ein Symbol des Widerstandes, gebaut, um die Nachbarn, die Familie oder «andere interessierte Parteien» zu irritieren. Es war, im wahrsten Sinn des Wortes, ein Trotzhaus. Und endlich war ihm das eigentliche Ziel enthüllt worden. Die «interessierte Partei» war der Allmächtige, der Herr des Himmels. Niemand sonst.

★

Burr senior starb am Wochenende des 4. Juli, in seinem bescheidenen Bett in seinem bescheidenen Zimmer an der Rückseite des alten Hauses. Die Totenmesse fand in der First Methodist statt, welche mehrere Witwen mittleren Alters als die «zweite Heimat» von Little Burrs Vater bezeichneten. Diese Äußerung schien Little Burr einen unausgesprochenen Vorwurf zu beinhalten, was die Witwen wohl so auch beabsichtigten. Während der zweiten Ansprache zu Ehren seines Vaters wurde Little Burr bewusst, ganz so, wie man eine Wetteränderung bemerkt, dass er nie wieder einen Fuß in die Kirche setzen würde. Als er die Hände der vielen Freunde seines Vaters vor der Kirchentüre drückte und die wächsernen Küsse ihrer Frauen entgegennahm, überkam ihn eine fast zärtliche Regung, eine Wehmut wie nach einer fernen Heimatstadt.

Draußen, auf der sonnigen Kirchenwiese, warteten Cody und Charly-Anne neben Jilly; es schien ihm fast, als trugen sie dieselben Kleider wie jeden Sonntag seit zwanzig Jahren. Es war befriedigend, sie so bedrückt zu sehen. Cody stand da in seiner nussbraunen Jacke, wie ein Elch im Sumpf, die Hände tief in den Taschen vergraben. Als Charly-Anne Little Burr umarmte, musste er, wie immer in letzter Zeit, daran denken, wie sie ihn verschmitzt angelächelt und gesagt hatte, dass so etwas wie das Trotzhaus gefördert werden müsse.

«Schatz», sagte Jilly, «Charly und Cody sagten gerade, wenn wir nichts weiter vorhaben –»

«Ich gehe nach Hause», erklärte Little Burr. Seine Stimme erlaubte keinen Widerspruch. «Ich muss noch ein Stück Plastikverkleidung zuschneiden. Aber macht ihr nur weiter.»

Jilly warf ihm den üblichen Blick zu, aber da hatte er sein Auto schon erreicht. Er winkte ihnen zu, drehte sich der Höflichkeit halber kurz um. Dann war er auf und davon.

Am Heimweg machte er bei *Home Depot* halt und besorgte Nägel, einen Eimer, Nummer-3/4-Schmirgelpapier und eine Schaufel. Es war Nachmittag, und der Verkehr war mäßig. Als er am North Crescent ankam, verstellte ihm ein rostiger Lieferwagen kurz den Weg – die alte Doris Searhart war das, aus der 167 – und beinahe hupte er sie an. Stattdessen atmete er tief auf, wartete ein paar Sekunden und bog dann scharf um die letzte Kurve.

Als er in den großzügigen und stattlichen Bogen fuhr, der North Crescent seinen Namen gab, kam die Spitze des Baus in Sichtweite – er war höher als die zweistöckige Garage der Foulks, höher als die kleineren Fichten im Hintergarten, höher als das alte Haus, in dem Little Burr noch immer lebte. Voller Ungeduld packte er den Sack mit den Nägeln fester, die wie Schmuck klimperten, Stahl auf Stahl. Für einen Augenblick verlor er den Bau aus den Augen, dann war er wieder da. Ihm stockte der Atem. Das oberste Stockwerk war nun deutlich zu sehen, das ursprüngliche Puppenhaus, zierlich rosa gegen den kalkweißen Himmel. Es schwankte leicht in der hochsommerlichen Brise, einladend, erwartungsvoll, wie die Krone eines Märchenbaums.

«Ich muss Lacki», verkündete das Kind.

«Du musst Lacki machen», korrigierte seine Mutter. «Ich habe dich gefragt, bevor wir ins Auto gestiegen sind, erinnerst du dich? Jetzt ist es zu spät. Du kannst im Studio gehen.»

«Ich muss Lacki», wiederholte das Kind.

«Wie oft muss ich dir noch sagen –»

«Ich hab immer geglaubt, es heißt ‹Lacki machen gehen›», wandte Richard freundlich ein. «Und es macht doch nichts – wir haben genug Zeit.»

«Du bist zu nachsichtig mit ihr», sagte die Mutter. «Du verwöhnst diese kleine Terroristin.» Sie langte nach ihm und kniff ihn in seinen Schenkel, sodass es ein bisschen zwickte. «Brooklyn, was sagst du zu Richard?»

«Ich muss Lacki.»

«Hier ist ein *Hardee's*. Gehen wir *alle* Lacki!»

Er zog immer eine kleine Show ab – eine kalkulierte Vorführung, neckend und verharmlosend –, wenn er mit Kindern witzelte: Es war seine Art, sich selbst und auch ihnen zu zeigen, dass er es gut meinte. Er wollte ihnen keinen Schaden zufügen; er fand sie oft ermüdend, aber er fürchtete sich nicht vor ihnen. Nicht im Geringsten. Er war es, der über seine Gedanken und seinen Körper bestimmte, nicht die Kinder um ihn herum. Nicht einmal die allerschönsten. Sie waren ihm gleich.

Seine Hände, zum Beispiel, taten nichts ohne seine Weisung. Momentan befahl er ihnen, das Lenkrad kräftig nach rechts zu drehen, dann ein wenig einzuschlagen, um wieder fest zuzufassen, sicher, aber bestimmt, als er das Auto zwischen zwei SUVs einparkte. Er betrachtete die Szene, als wäre alles schon geschehen – ein Nissan aus den späten Neunzigern, zusammengehalten von Rost, kommt zu einem langsamen und präzisen Halt. Der Nissan der Mutter, nicht Richards eigener. Sein eigenes Auto war ein quasi ungebrauchter Volvo V70, kantig und zweckmäßig und sicher. Kein Modell hätte besser zu seinem Einkommen, seiner Herkunft und seiner Schicht passen können. Er hatte sehr genau darauf geachtet.

«Wenn wir schon hier sind», sagte die Mutter, während er die Schwingtüre des *Hardee's* aufhielt, «können wir auch gleich ein paar Crispy Curls mitnehmen.»

«Crispy Curls?», sagte Richard, während er dem Kind die Toilette zeigte. Wenn das Kind still war, glich es seiner Mutter mehr als Kinder sonst – die meisten Achtjährigen zumindest –, aber wenn es sich bewegte, hatte es ein völlig anderes Wesen. Sie bewegt sich kalkuliert, sagte er sich. Er wusste, dass dieser Gedanke falsch war, aber er zog es vor, ihn nicht zu korrigieren. Es gefiel ihm, wie er in seinem Kopf klang.

«Die sind wie normale Curly Fries», sagte die Mutter. «Aber winzig. Ich liebe diese Dinger. Das ist schon fast wie ein Fetisch.»

«Was für Dinger?», fragte Richard abwesend, während er das Kind im Blick behielt. Es erreichte die Toilettentüre und zog sie auf.

«Kleine Dinge. Niedlicher Kram, weißt du. Minis.»

«Ach ja?»

«Alles ist süßer, wenn es klein ist. Meinst du nicht, Richard?»

Jetzt sah Richard endlich die Mutter an. Maya. Sie hat einen Namen, wies er sich streng zurecht. Einen schönen sogar. Maya schaute verträumt an ihm vorbei, auf die beleuchtete *À-la-carte*-Tafel über dem Kopf der Kassiererin, die Lippen fest zusammengepresst. Er hatte sie gern, sie war alles, was er noch hatte auf der Welt – aber er konnte sich nicht dazu überwinden, nach ihrer Hand zu greifen.

Er sagte ihren Namen, langsam und lautlos, als ob er sie gerade erst kennengelernt hätte. Maya Jessica Kowalczyk. Er versuchte, sich vorzustellen, wie sie im Kindesalter ausgesehen haben mochte, und versagte, genau wie erwartet. Ihm gelang so etwas manchmal spät in der Nacht, wenn alles dunkel und warm und verschwommen war – und dann auch nur für einen Augenblick. Auf Dauer wäre das nicht genug. Dies war ihm bewusst.

«Das ist absurd, nicht wahr?», hörte er sich sagen.

«Was?»

«Na ja. Bei *Hardee's* essen, bevor man zum Spinning geht.»

Im Nu war der Schaden da. Das Kind kam aus der Toilette, um seine Mutter gerade noch mit bebenden Schultern auf den Gehsteig flüchten zu sehen, wie immer überreagierend, die Arme nach vorne gestreckt, als wäre sie blind. Das Kind beobachtete diese Aufführung – den Mund leicht geöffnet, einen Funken Genugtuung in den Augen –

und drehte sich dann zu ihm, um zu sehen, was als Nächstes passieren würde.

Als Richards Blick den des Kindes traf, verspürte er einen plötzlichen, heftigen Anflug von Hoffnung. Er erlaubte sich, das Gefühl durch seinen ganzen Körper strömen zu lassen, möglichst nicht dagegen anzugehen.

«Was ist los?», fragte das Kind.

«Sie ist sauer.»

Sie schauten zu, wie die Lichter des Nissan angingen, sie beide in unausgesprochener Solidarität.

«Sie ist immerzu sauer», murmelte das Kind. «Sie war schon immer sauer. Schon immer.»

«Weißt du was?», sagte Richard. «Scheiß drauf. Schnappen wir uns einfach eine Schachtel Crispy Curls zum Mitnehmen. Was meinst?»

*

Die Crispy Curls erwiesen sich als sein nächster Fehlgriff. Die Mutter warf sie einfach weg. Sie waren jetzt von der Begrifflichkeit zum Symbol fortgeschritten, semiotisch ausgedrückt – für die Mutter und, um ehrlich zu sein, auch für Richard selbst. Aber ein Symbol wofür genau? Er hätte seinen Studenten diese Frage stellen können, wenn er noch Studenten gehabt hätte. *Diskutieren Sie,* hätte er gesagt, unverbindlich gelächelt, die Beine gekreuzt, den Blick in die Ferne gerichtet.

Wie er so hinter dem Lenkrad des laufenden Nissan saß und die Mutter betrachtete, wie sie ihre mürrische Schau des Nichtsehensundnichthörens abzog, stellte er sich vor, dass dies als Fallstudie für sein Seminar «Einführung in nachkriegseuropäisches Denken» hätte dienen können – das Seminar, das er nun nicht mehr an der bekannten Privatuniversität halten würde, die nur einen Steinwurf von *Hardee's* entfernt war. Er vermisste seine gewohnte Umgebung, so stumpfsinnig sie auch gewesen war; das konnte er sich nun eingestehen. Das Vergnügen, zum Beispiel die Frankfurter Schule in einem Raum voll feindlich gesinnter Studenten zu sezieren, ähnelte der Lust, die er als Kind verspürt hatte, wenn er an einem lockeren Zahn herumbohrte. Es war eine sadomasochistische Aktion, de facto ein Totentanz, und seine Studenten nahmen sie ihm entsprechend übel. Ihm schien sie angemessen und recht.

Schließlich aber war doch der Hass in ihnen hochgestiegen, wie Baumsaft, von den Studenten zu den Kollegen bis hinauf zum Dekan, und Richards Habilitation wurde mit Bedauern abgelehnt. Es gab keine Vorwarnung, keine diskrete Aussprache im exzellenten Campus-Café: Am Ende des Semesters (seinem siebzehnten) war ihm einfach mitgeteilt worden, dass er im Herbst nicht mehr gebraucht würde.

Zuerst hatte er den Verdacht – wie sollte er nicht –, dass er entlassen wurde, weil er irgendwie ertappt worden war. Sie hatten es in einem unvorsichtigen Augenblick in seinem Gesichtsausdruck erkannt; sie hatten die Schlaffheit in seinem Händedruck bemerkt – ein klassisches «Zeichen»; sie hatten es an ihm gerochen wie Moschus. Eine andere Erklärung schien es nicht zu geben. Für einen kurzen Moment war er davon überzeugt, bereits für schuldig befunden und verurteilt worden zu sein, ohne die Gelegenheit, sich zu verteidigen; und er hatte sich sogar erlaubt, darüber entrüstet zu sein, dass seine Gedanken – Phantasien, wenn das Gericht so will – untersucht und ganz einfach verdammt worden waren. Es tat weh, mit anzusehen, wie Verdachtsmomente die ernsten, gebildeten Züge seiner Kollegen befielen; wie die Gutgläubigkeit allmählich der Besorgnis wich. Aber er war von Natur nicht sonderlich neurotisch, und schließlich war ihm eingefallen, dass es eine einfachere und glaubwürdigere Erklärung geben könnte. Niemand konnte seine Gedanken lesen; niemand hatte ihn so eingehend betrachtet. Er war ein halbwegs talentierter Lehrer, mit einer durchschnittlichen Zahl von Veröffentlichungen und keiner wirklichen Affinität zu seinem Beruf. Seine Studenten kämen ohne ihn klar, und er hatte keine Angst vor ihnen. Sie waren ihm egal.

*

Als der Nissan endlich vor der terrariumähnlichen Fassade von *For Your Body Only* zum Stehen kam, hatte sich der Ärger der Mutter in Selbsthass verwandelt, so wie Richard gehofft hatte. Es gab keinen Grund zur Sorge, Gott sei Dank; er musste den Plan nicht ändern. Die schmierige Tüte mit den Crispy Curls lag unberührt zwischen ihren Stulpen, und sie stieg wie in Trance aus. Richard sah ihr so lange wie möglich nach, ängstlich, dass sie es sich anders überlegen könnte.

Als sie endlich verschwunden war, wirklich verschwunden, fühlte er seinen Kopf und seine Brust kühl und leicht werden, angenehm betäubt. Die Tüte lag noch immer da, wo Mayas Füße gewesen waren, und er zwang sich, nur dorthin zu schauen: der Kontur des sich ausbreitenden Fettflecks zu folgen, um die Welt und seine Gedanken zur Ruhe kommen zu lassen. Eine Übung in Disziplin und Entspannung. Es gab einen Ausdruck dafür – die Mutter hatte Bücher darüber, einen ganzen Stoß auf ihrem Nachttisch, neben einem Berg von Schlafmitteln und Nahrungsergänzungsmitteln und, und, und. Wie hieß es nur? Er schloss die Augen und wartete, dass er sich erinnern würde. Eine Meditation für den äußeren Weg. Konzentriere dich vollkommen auf die Tüte. Lass deinen Kopf sich langsam leeren. Er bückte sich, drückte sie an seinem Schenkel glatt und wartete, dass das Kind vorne einstieg.

«Wohin jetzt?», fragte das Kind, nachdem es die Autotüre geschlossen hatte.

«Zurück zu *Hardee's*!», spielte Richard den Clown.

Sie rollte die Augen. «Nicht zu *Hardee's*. Zu *Lucy's*.»

«Was ist *Lucy's*?» Er dachte einen Moment nach. «Doch nicht diese komische Bude in der Mall? Die mit den Kerzen?»

Das Kind zuckte mit den Achseln.

«Ich hab eine Idee; jetzt, wo es gerade schneit», sagte Richard.

Keine Reaktion.

«Ich habe zwei Schlitten im Kofferraum», sagte er. «Ich dachte mir schon, dass es schneien würde, deshalb habe ich die Schlitten mitgebracht. Weil es eben gerade schneit.» Er wiederholte sich. «Warst du schon einmal rodeln?»

Noch nie war das Kind seiner Mutter so ähnlich wie in diesem Moment. Er beobachtete sie im Seitenspiegel – er hätte sie nicht direkt ansehen können, nicht in diesem Moment – und was er sah, ließ ihn beinahe in Tränen ausbrechen. Sie runzelte die Stirn, rutschte hin und her, und hielt sich die Ohren mit ihren Fäustlingen zu. Sie wollte nicht rodeln.

Noch immer standen sie vor dem Schaufenster von *For Your Body Only*. Die Rezeptionistin starrte heraus. Der Sicherheitsgurt des Kindes war nicht geschlossen – es könnte jederzeit hinausschlüpfen, wenn es sich nicht wohlfühlte. Nichts leichter als das.

«Okay, dann zu *Lucy's*. Ich wollt's nur vorschlagen –»

«Maya hat mich einmal zum Rodeln mitgenommen», sagte das Kind. «Hat Spaß gemacht.»

Er räusperte sich und legte den Gang ein.

*

Sie ließen die Stadt zügig hinter sich. Sie fuhren am Park vorbei, dann an der Universität, dann an der verlassenen Fabrik, wo man im vergangenen Jahrhundert noch Autos gebaut hatte – viel großartiger und eleganter als der Nissan oder sein altmodischer und schwerfälliger Volvo –, an deren Namen er sich nie erinnern konnte, aber deren Kühlerfiguren, dynamisch und übertrieben und (selbstverständlich) phallisch, er sofort vor Augen hatte, sobald jemand ihren prahlerischen Namen nannte. Sie fuhren schweigend an der Mall vorbei. Sie waren noch nie zu zweit gewesen, nicht für mehr als fünf Minuten, und nun waren sie so allein, wie zwei Menschen es nur sein konnten. Sie hatten beinahe zwei Stunden. Richard sagte es sich wieder und wieder, wiederholte, was Maya wahrscheinlich als Mantra bezeichnet hätte: *Wir haben beinahe zwei Stunden.* Wenn er bei guter Laune war, betrachtete er das Kind als Verbündeten, und im Moment war seine Laune so gut wie nur möglich. Er war geduldig, liebevoll und charmant gewesen, und übernatürlich beherrscht. Er hatte nichts dem Zufall überlassen.

«Ich dachte, wir gehen rodeln», sagte das Kind plötzlich.

«Natürlich. Die Schlitten sind im Kofferraum.»

«Aber der Park ist nicht in diese Richtung. Hier geht es zum Bauernhof.»

«Bauernhof?»

«Ja.

Richard lächelte hilflos. Er hatte noch nie etwas von einem Bauernhof gehört.

«Meine Vettern wohnen dort.»

Die Vorstellung, dass sie den Wald, den sie ansteuerten, kannte – vielleicht besser als er selbst –, verfinsterte seine Laune sofort. Er sagte das Erstbeste, was ihm einfiel.

«Als ich klein war, in deinem Alter, bin ich oft rodeln gegangen. Mit meinem eigenen Schlitten, einem *Flexible Flyer* – der mit den Schienen an der Seite. So wie in alten Filmen. Hast du schon einmal von einem Flexible Flyer gehört, Brooklyn?»

Das Kind schien nicht zuzuhören. «Jaja.»

«Neben unserem Haus gab es einen Hügel, und ich ging jeden Tag alleine dort rodeln. Sooft ich nur konnte. Willst du wissen, warum?»

Das Kind gähnte in den Seitenspiegel. «Warum?»

«Ich konnte einfach nicht aufhören. Ich blieb draußen,

bis es finster wurde, bis mein Vater mich holen kam. Er war böse auf mich, jeden Tag; er hat mich sogar manchmal geschlagen. Aber ich habe immer weitergemacht. Ich konnte an nichts anderes denken, nicht einmal nachts, in meinem Kinderzimmer. Ich bin im Bett gelegen und habe an den Flexible Flyer gedacht, in der Garage. Es hat mich krank gemacht, daran zu denken, wie die Zeit verstrich, zu denken, dass er da draußen im Dunkeln auf mich wartete.»

Jetzt plötzlich war das Kind aufmerksam. «Warum?»

«Ich bin gegen einen Baum gefahren. Den einzigen Baum am ganzen Hang. Nicht aus Versehen oder Wut – ich wollte es. Ich hatte so viel Zeit und Mühe damit, ihn zu umfahren, tausendmal um ihn herumzulenken. Ich wollte einfach sehen, was passiert, wenn ich es nicht mache. Ich erinnere mich, es war eine Föhre mit dicken, silbernen Nadeln. Es hat mir den Atem verschlagen und eine Schiene am Flyer verbogen. Es hat mich die untere Hälfte vom Ohr gekostet.» Er strich sein Haar zurück, um ihr die Narbe zu zeigen. «Danach wollte ich nicht mehr rodeln – aber das war okay. Ich hatte endlich verstanden –»

«Da ist der Bauernhof», sagte das Kind.

Er folgte ihrem Blick zu einem überbreiten Wohnwagen in einer Wiesenmulde. Es war genauso wenig ein Bauernhof wie das Haus, in dem er selber aufgewachsen war. Es standen drei verrostete Schneemobile in der Einfahrt. Schneemobile hatten ihn immer nervös gemacht.

«Sollen wir vorbeischauen?», hörte er sich fragen, und er überlegte, was er tun würde, wenn sie ja sagte. «Sollen wir sie besuchen, diese Vettern von dir?»

Sie schüttelte den Kopf. «Ich hasse diese Arschlöcher.»

Jetzt schaute er sie zum ersten Mal direkt an. Sie saß aufrecht in ihrem Sitz, so wie er sie sich in der Schulklasse vorstellte, und starrte ausdruckslos vor sich hin. Sie ging auf eine Mädchenschule, mittelständisch, aber teuer, etwas mehr, als die Mutter sich leisten konnte. Maya aber legte auf diese Dinge Wert: die verwitterten Ziegel, das Efeu, die karierten, wollenen Faltenröcke. Warum zum Teufel dachte er ausgerechnet jetzt an Maya? Aus irgendeinem Grund beruhigte ihn das, so grotesk es auch war. Es war angenehm, an sie zu denken: sich vorzustellen, wie sie im *For Your Body Only* durch ihre Bikram- und Spinning-Stunden schnaufte und ihre Unzufriedenheit kultivierte, bis sie die Lust daran verlor wie an einem fade gewordenen Kaugummi. Es war im Moment leichter, an die Mutter zu denken als an das Kind. Aber das würde sich ändern.

Er schaute wieder auf das Kind in seinem Auto. Seinem Auto, nicht Mayas. Sein Kind. Wenn sie seinen Blick – sein Starren – bemerkte, ließ sie es sich nicht anmerken. Sie trug die blaugrauen High-Tops, die Maya ihr geschenkt hatte, und ihre Leggings mit den Tigerstreifen und ihre bestickte Mütze und einen Mantel, der ihren Körper wie ein Zelt umgab. Ihre Arme waren in den Ärmeln hochgezogen und taten Gott weiß was in den gesteppten Falten. Es quälte ihn, dass er es nicht sehen konnte. Seine Vorstellungskraft, sonst so übergroß und unerbittlich, versagte vollkommen. Beinahe fragte er sich, ob er selbst der Grund sein könnte, dass sie versuchte, ihren Körper zu verbergen. Zu verschwinden. Aber das war Einbildung. Es war die Erregung, die seine Paranoia auslöste, wie immer. Das Kind starrte geradewegs auf die Straße, wie um zu verhindern, dass ihm schlecht wurde. Es war in seine Gedanken versunken, und er blieb ungesehen.

Er dachte schon wieder an Maya, eine freundliche Erinnerung, wie an eine tragische Gestalt aus ferner Vergangenheit. Er war acht Wochen arbeitslos gewesen, als er sie online kennengelernt hatte, man musste sich deshalb nicht schämen – und sofort, wie durch Hypnose oder einen Zauber, hatte er aufgehört, sich in Wut und Selbstmitleid zu wälzen. Eigentlich hatte sie ihn gefunden, nicht umgekehrt: Sie reagierte auf eine trockene kleine Anzeige, die – warum auch immer – von einem «Freund» in seiner Abteilung an sie weitergeleitet worden war. Er meldete sich natürlich erst mal nicht. Nichts an ihr hatte er anziehend gefunden. *Diese Frauen*, hatte er gedacht, als er verschiedene Fotos durchklickte. Diese geschiedenen, koketten Frauen stellen sogar Bilder von ihren Kindern ins Netz – manchmal sogar nur von den Kindern, um die falsche Art von Männern abzuhalten. Die Opportunisten, die Manipulativen; diejenigen, die überhaupt nicht an einer *Beziehung* interessiert waren. Sie benutzen ihre Kinder als Sieb, diese Frauen. Als Filter. So bedacht, so vorsichtig. So besorgt, sich zu schützen. *Schau meine Familie an,* posaunten diese Bilder. *Meine zauberhaften Kinder. Wenn du mich wählst, kommen sie mit.*

Mit dem Gespür, das er in diesen Dingen besaß, hatte er sofort erkannt, dass diese Konstellation vielversprechend war. Der Vater war weg, jede Spur von ihm in dem kleinen Haus, in dem sie mit ihrer Tochter wohnte, ausgelöscht, als ob er nie da gewesen wäre. Maya betrachtete ihre Tochter als Bürde, die sie normalerweise gutmütig, sogar gerne trug. Richard sah, dass sie ihre Kraft aus dem zog, was ihr angetan worden war. «Mein Gepäck» nannte sie ihr Kind manchmal. «Meine kleine Null. Mein Beweisstück A.» Ihre Tochter war nicht ungezogener als andere Kinder – Richards Meinung nach, sogar weniger –, aber Maya hätte das nie zugegeben. Mitunter schien auch das Kind zu wissen, dass jeder Versuch, brav zu sein, sinnlos war, und benahm sich entsprechend. Aber sogar seine ärgsten Ausbrüche erschienen ihm eher wie Ouvertüren, wie die Echoortungen einer Fledermaus, um den Weg aus dem Dunkel zu finden. Maya machte ein Getue um ihre Haare und Kleider, befasste sich aber kaum mit ihrem Gemütszustand. Das Kind blieb für sie abstrakt.

All das hatte Richard schon auf dem kleinen Profilbild erraten, ja vorausgesehen.

«Was ist das für ein Lärm?», fragte das Kind.

Als es im Auto hell wurde, hörte Richard die Stimme, die er immer hörte, wenn etwas ihn überraschte. *Pass auf. Sonst passiert was.* Die Stimme war seine eigene, aber die seines Vaters klang durch, auch eine Spur seiner Mutter und das Gekläff eines Sportansagers aus seiner Jugend. *Pass jetzt auf, Richard.* Er nahm den Fuß vom Pedal. Dreimal schrillte die Sirene, wie eine Fanfare in einem Stadion – ein Geräusch, das er immer als fröhlich empfunden hatte. Die Scheinwerfer, der Lärm, das Flimmern in den Spiegeln. Das Auto verwandelte sich in eine Art Diskothek.

Das Kind drehte sich um und starrte nach hinten. Er bremste und fuhr an die Seite, die Stirn gutmütig gerunzelt, immer noch alles fest im Griff. Es würde eine Erklärung geben. *Pass auf.* Er brachte den Nissan sanft zum Stehen.

«Was ist los?»

«Nichts weiter.»

«Da sind Polizisten.»

«Kein Problem.»

«Es *ist* ein Problem», sagte sie. Sie klang froh darüber.

«Hör mir zu, Brooklyn. Ich will, dass du –»

«Das sind Polizisten. Schau. Die eine ist dick.»

«Brooklyn, bitte –»

«Sie ist so dick wie Maya.»

«Hör mir zu», sagte er und packte sie an der Schulter. Es war das erste Mal, dass er sie berührte. Ihm entfuhr ein leiser Seufzer. In ihrem Mantel war sie schwer zu fassen, und er packte ihre Schulter härter an, als er wollte. Wesentlich härter.

«Hör mir zu, Brooklyn. Ich werde jetzt das Fenster hinunterlassen und ihre Fragen beantworten, und du wirst den Mund halten. Du wirst *den Mund halten*, verstanden? Du wirst hier sitzen und lächeln und nicht ein Wort sagen, außer, ich bitte dich darum. Wenn ich sage ‹Antworte der netten Dame, Brooklyn!› – nur dann darfst du reden. Abgesehen davon, hältst du den Mund. Verstanden?»

Er hatte damit gerechnet, dass sie sich unter seinem Griff winden würde oder aufschreien oder sich beschweren, aber sie starrte auf den Boden und sagte ja und dass es ihr leidtue. Es war klar, dass sie schon früher hart angefasst worden war – von ihrem Vater oder sonst wem –, und dieser Gedanke berührte Richard eigenartig. Er nahm seine Hand weg und fühlte die Erregung in seinen Eingeweiden, die Unbehagen oder Lust sein konnte. Er nannte sie bei ihrem Namen, als an die Wagentüre geklopft wurde.

«Führerschein und Fahrzeugpapiere», sagte die Polizistin, noch bevor das Fenster ganz heruntergelassen war. Es war eigenartig, wie sie das sagte – fragend, sanft – als ob sie es lieber nicht getan hätte. Sie wirkte zu alt für ihre eigene Unsicherheit, mindestens Anfang dreißig, aber er war nie gut bei dicken Frauen. Ihre Fülle verwirrte ihn. Er hatte Maya für fünfundzwanzig gehalten, was ihr sehr geschmeichelt hatte.

«Führerschein und Fahrzeugpapiere», wiederholte die Polizistin. Sie schaute an ihm vorbei auf das Kind.

«Ach ja», antwortete Richard und nahm seine Hände vom Lenkrad.

Als die Papiere gefunden und überreicht waren, trat die Polizistin vom Fenster zurück und hielt sie ins Licht. Ihr Atem kam in schweren, asthmatischen Stößen. Sie atmet wie ein Perverser, dachte Richard. Er musste schmunzeln.

«Was grinsen Sie so?»

«Ich lache immer, wenn ich nervös bin. Ich bin noch nie –»

«Dieses Auto ist registriert unter, ah, Maya Kowalczyk.»

«Richtig. Sie hat gerade Spinning-Klasse.»

«Wie bitte?»

«Ich bin ihr Mann», sagte Richard. «Und das ist unser Mädchen.»

Einen Moment lang sprach niemand. «Ach, wirklich?», sagte die Polizistin und schaute an ihm vorbei. Sie zog leicht den Kopf ein. «Und wie heißt du, Kleine?»

Das Kind starrte auf seine Füße.

«Sie heißt Brooklyn», sagte Richard. «Brooklyn Lindsey Kowalczyk.»

«Ich habe sie gefragt», sagte die Polizistin. «Nicht Sie, äh –», sie schaute auf den Führerschein, «Herr Ossenbach.»

«Tut mir leid. Brooklyn, würdest du bitte –»

Die Polizistin nahm ihren Arm hoch. Ihr Gesicht hatte einen fragenden Ausdruck, als ob sie eine halb begrabene Erinnerung abrufen wollte. Warum, um Gottes willen, hatte er vorgegeben, Mayas Ehemann zu sein?

«Herr Ossenbach», wiederholte die Polizistin. Eine Spur von Mädchenhaftigkeit, und durchaus auch Höflichkeit, in ihrer Stimme. Er dachte plötzlich an eine vage ähnliche Situation – allerdings vor Jahren und in einem anderen Staat. Nichts Dramatisches – öffentliche Trunkenheit, unsittliche Entblößung et cetera. Weiterzugehen hatte er sich damals nicht getraut. Dieses Ereignis war für ihn wichtig, weiß Gott, aber für niemanden sonst. Er hatte seine Jeans heruntergelassen, als ein Schulbus vorbeifuhr. Die Sache selbst hatte ihm keinerlei Genuss bereitet. Es war etwas Übersinnliches: eine Mischung aus Erleichterung, Befreiung, Erkenntnis auch. Endlich, dachte er, als er auf die Rückbank des Polizeiautos gequetscht wurde. Endlich ist es passiert. Es ist im Bereich des Möglichen.

«Herr Ossenbach», ertönte die Stimme der Polizistin. «Ich würde Sie, äh, bitten auszusteigen.»

«So eine merkwürdige Art, sich auszudrücken», dachte Richard. Die haben halt ihre eigene Sprache. Sie *würde* mich nicht bitten – sie bittet mich jetzt.

Er stieg aus.

«Hände auf die Motorhaube, Beine auseinander. Schauen Sie geradeaus.»

Aber er konnte nicht geradeaus schauen. Er schaute

durch die gesprungene, insektenverschmierte Windschutzscheibe auf das Kind. Es erwiderte seinen Blick, der Ausdruck eigenartig vage. Hätte er eine dichterische Ader gehabt, hätte er diesen Ausdruck beinahe als wehmütig bezeichnet. Aber Genauigkeit war jetzt wichtig. Er konnte nicht sagen, warum, aber Genauigkeit war jetzt ungeheuer wichtig. Er beobachtete das Kind: Seine Augen waren auf einen Punkt zwischen seiner Stirn und der Mitte seiner Nase fixiert. Seine Lippen waren nach innen gezogen und, obwohl es den Mund still hielt, sah er, dass es seine Zunge hin und her bewegte. Ansonsten bemerkte er kein Anzeichen von Nervosität.

Richard sah zu, wie das Kind seine Arme aus den Jackenärmeln herausarbeitete. Die Ärmel zuckten und wanden sich wie riesige, schwarze Raupen; seine rundlichen Hände kamen zum Vorschein, blass und rissig wie seine Lippen. Sein Lächeln galt weder ihm noch der Polizistin, sondern ganz allein sich – seinem Widerschein im Spiegel.

«Was passiert jetzt?», fragte Brooklyn. Die Polizistin, nicht Richard. Sie war auf den Fahrersitz gerutscht, ihr Arm ruhte auf dem Lenkrad, so wie bei ihrer Mutter, wenn sie rauchte. Die Polizistin war noch immer dabei, ihn zu filzen, ihn abzutasten, und Brooklyn beobachtete sie mit Interesse.

«Wir kriegen dich schon nach Hause, Kleine.»

«Ich meine, mit Richard.»

Er hielt seinen Blick starr auf die Motorhaube gerichtet. Brooklyns leise Stimme war jetzt klar – er meinte, sie lehnte sich aus dem Fenster. Die Polizistin gab keine Antwort. Sie trat zwei langsame Schritte zurück und befahl ihm, still zu halten. *Ich würde Sie bitten, still zu halten, Herr Ossenbach.* Er nickte, ohne sich umzudrehen.

Die Tatsache, dass ich ruhig bin und nicht protestiere, wird den Eindruck vermitteln, dass ich schuldig bin, dachte Richard. Im Moment überprüft ihr Partner den Führerschein und sie wartet ab. Sich die Prozedur Schritt für Schritt vorzustellen, war beinahe tröstlich für ihn. Die lernen das in der Ausbildung, sagte er sich. Dort lernen sie die Sprache, das Protokoll, die angemessene und effiziente Anwendung von Gewalt. Er hatte einmal in einem Chatroom gelesen – einem *Chatroom*! Gab es die überhaupt noch? –, dass das sicherste Zeichen von Schuld bei einem Verdächtigen ist, dass er nach seiner Verhaftung einschläft. Ein Unschuldiger wird toben und fluchen und an den Gitterstäben rütteln, wird noch einen Telefonanruf fordern und die Wärter herumscheuchen, wird seine metallene Toilette herumschleudern; der Täter hingegen hat sich das alles schon unzählige Male vorgestellt, für Wochen und Monate, in jedem ruhigen Moment. Der Täter ist froh, dass es endlich so weit ist: Er versteht es. Das lange, angespannte Warten ist vorbei. Er schläft einfach ein.

Aber er, Richard Ossenbach, war kein Täter. Nicht nach dem Gesetz. Der besagte Chatroom war ein Forum für gleichgesinnte Personen, eine Plattform zum Austausch von Dateien, und diese Art von Plattform, jetzt verboten, war damals absolut erlaubt. Er selbst hatte nichts dazu beigesteuert, keine Dateien ausgetauscht; er war eine Fliege an der Wand dieses Chatrooms gewesen, abwechselnd erregt und abgestoßen. Er versuchte, sich zu sagen, dass das, was er las, bestenfalls aufschneiderisches Gerede war.

Er war hier, weil er *nichts* getan hatte. Er hatte noch zu viel Angst, war zu zerrissen, zu schockiert von seinen eigenen Gedanken und Neigungen. Er hatte sich in dem, was er so eifrig las, selbst nicht wiedererkannt; er war irgendwie anders. Seine Gedanken gehörten ihm allein, auch die schändlichsten, und zu handeln würde heißen, sie mit jemandem zu teilen, wenn auch nur mit dem Opfer. Er hatte nie das Bedürfnis danach gehabt. Nicht wirklich. Nicht, bis er das Kind zum ersten Mal gesehen hatte. Erst da.

«Beine weiter auseinander. Lassen Sie die Hände auf der Motorhaube.»

Was würde er ihnen alles erzählen, wenn sie ihn mitnähmen. Er stellte sich zwei durchgesessene Stühle vor, einen *Formica*-Tisch, den obligaten tristen Raum mit der niederen Decke. Nicht mehr die schnaufende Polizistin, sondern zwei Männer in weiten, unmodischen Anzügen, ihre Schuhe abgewetzt, die Krawatten zu straff gebunden. Einer leise, einer laut. Nein: überhaupt nicht laut, sondern einfach redend, mit fester, rauer, leicht enttäuschter Stimme.

Was wollten Sie machen, Herr Ossenbach, nachdem Sie die Stelle im Wald erreicht hätten?

Ich weiß nicht.

Sie lügen.

Ich hätte sie gefickt.

Gefickt? Eine kleine Pause. Eine Achtjährige?

Nein. Ich weiß nicht, ob ich es gekonnt hätte. Ich weiß es nicht –

Lassen Sie die Scheiße. Sie haben genug Zeit im Internet verbracht. *NymphetFinder.com. ManChildFucker.net.* Hal-

ten Sie uns nicht hin. Es ist zwecklos. Die reinste Zeitver-
schwendung. Das war's.

Ich wollte sie berühren, sagt er zu den Männern. Ich
hätte sie an der Hand – nein, am Handgelenk – gepackt.
Wir wären in den Wald gegangen, zu einem menschenlee-
ren Platz. Bäume rundherum – scharfe, silberne Nadeln.
Ich knie und streiche mit ihren Haaren über mein Gesicht.
Ihre glänzenden, schwarzen Haare, lang und schwer wie
die einer Frau. Ich ziehe meine Kleider aus, nicht ihre. Sie
behält die Kleider an. Ich sage ihr, dass sie mir zuschauen
soll. Mich ansehen. Ich bin nie angesehen, bin nie wirklich
gesehen worden. Verstehen Sie, was ich meine? Natürlich
nicht. Sie verstehen überhaupt nichts. Sie werden mir nicht
glauben, aber das war alles, was ich wollte.

*

Es schneite wieder, nicht sanft, sondern in nassen Flocken,
die auf der Motorhaube zischten. Er hob den Kopf, halb
erwartete er, alleine auf der Straße zu stehen, und sah die
Polizistin und das Kind miteinander reden. Ihre Köpfe nahe
beieinander. Die Polizistin hatte eine Hand an der Türe,
die andere an der Gürtelschnalle. Sie redeten über ihn,
das war klar, aber er konnte nur einzelne Wörter verstehen. Mutter, *Hardee's*, Schneemobil, Flexible Flyer. Es war
hauptsächlich das Kind, das sprach. Die Polizistin hörte
aufmerksam zu. Hin und wieder warf ihm die Polizistin
einen missbilligenden Blick zu und hielt zwei Finger hoch,
wie ein Bischof in einem Gemälde.

Richard bemerkte, dass das Großartige an Gewissheit

war, dass sie keinen Platz für Furcht ließ. Und doch hätte er sich um nichts in der Welt rühren können.

«Kommen Sie hoch, Herr Ossenbach», sagte die Polizistin.

Und schon war der Zauber vorbei. Er drehte sich langsam um, obwohl ihm das nicht erlaubt worden war. Er schaute am Nissan vorbei, auf das Polizeiauto dahinter. Der zweite Polizist, ein dunkelhäutiger Mann, kam zügig auf sie zu.

«Hören Sie mich, Herr Ossenbach?»

«Es tut mir leid. Was haben Sie gesagt?»

«Ich habe Sie gebeten, meine Entschuldigung anzunehmen. Wir suchen einen Einbrecher, der ein ähnliches Auto fahren soll.»

«Wie bitte?»

Jetzt plötzlich hatte er Angst – er verstand nichts und fühlte sich schutzlos. Sie standen jetzt beide neben ihm. «Ich bin okay», murmelte er und begann, sachte zu weinen.

«Tief atmen. So ist es recht.»

Er tat wie befohlen, atmete wie angewiesen – er fühlte sich hohl und irgendwie durchscheinend, wie eine Eierschale. Der feste Schnee knirschte unter ihm. Er versuchte verzweifelt, sich auf dieses Geräusch zu konzentrieren. Die Türe öffnete sich, und die warme Luft gab ihm Zuversicht, aber nur ein wenig. Die Polizisten schlossen die Türe, lächelten und traten zurück.

⋆

Die Mall war schon in Sicht, als er endlich sagte: «Was hast du ihnen erzählt?»

«Huh?»

«Verdammt – hör mir auf mit dem ‹Huh›. Was genau hast du ihnen dahinten erzählt?»

Sie schmunzelte zum Fenster hinaus, hatte überhaupt keine Eile zu antworten, zufrieden mit sich selbst auf eine heitere und alle anderen ausschließende Weise. Er hatte erwartet, dass sie am Rückweg pausenlos plappern würde, eine Show abziehen und sich an ihrer neuen Macht erfreuen würde – aber sie blieb selbstzufrieden und still und ließ die Scheunen und Hügel und Fichten kommentarlos vorbeirollen. Hin und wieder bemerkte er, dass sie ihn beobachtete, sein Spiegelbild studierte. Er war wütend auf sie, obwohl ihm bei dem Gedanken, dass sie ihn gerettet hatte, geradezu schlecht wurde. Der Schock war lange abgeklungen, aber seine Hände und Beine zitterten weiter. Das Kind hatte ihn noch nie so aufmerksam wahrgenommen. Bis jetzt war es eher ein Anhängsel seiner Mutter gewesen. Jetzt schien er es zu faszinieren. Er hasste es, krümmte sich unter seinem stetigen nüchternen Blick; er hätte fast jede Strafe auf sich genommen, um ihm zu entkommen. Es sah das alles – es musste es doch sehen – und doch beobachtete es ihn weiter.

«Ich habe ihnen gesagt, dass du mich liebst», sagte es schließlich.

«Was?»

«Ich hab gesagt, wir sind verliebt», sagte es, direkt und klar. «Ich sagte, wir fahren jetzt nach Kanada, um zu heiraten. Ich sagte, wir werden es in einer Kapelle im Wald tun. Nur wir zwei. Ganz alleine.»

Er konnte kaum atmen, kaum denken, kaum das Lenkrad unter Kontrolle halten. Die Tatsache, dass es nichts von alledem gesagt hatte – dass es ihn schamlos auf den Arm nahm, dass es seine Reaktion genau registrierte –, brachte eine ungeheuere Stille über sie beide. Er nickte mit dem Kopf, um anzudeuten, dass er es hörte, um es möglichst vom Weiterreden abzuhalten. Es wurde eng im Auto, die Luft irgendwie stickig, als ob sie in einen Tunnel gefahren wären. Sie kamen an der Universität vorbei, dann am Park, dann an der Fabrik, wo die großen, todgeweihten Autos einst gebaut worden waren. Er würde es nie berühren, das war ihm jetzt klar. Er würde es nie in den Wald führen. Was wusste er schon von achtjährigen Kindern, außer seinen erregenden und magischen Vorstellungen. Nichts. Überhaupt nichts, sagte er sich – und diese Worte hallten über die feuchte, hell beleuchtete Bühne, auf der sich seine Pantomime von Verteidigung und Anklage abspielte.

Maya lehnte an der halb verglasten Türe von *For Your Body Only*, als der Nissan vorfuhr; ihre verschwitzten Hüften hinterließen runde Spuren auf dem Glas. Ihre Wangen waren gerötet, von künstlich wirkenden Flecken überzogen, symmetrisch und grell, und sie strahlte Gesundheit und guten Willen aus. Sie waren zwölf Minuten zu spät, aber sie zog es vor, das zu übergehen. Sonderbar. Richard brachte ihren Namen im ersten Moment nicht heraus – auch das schien ihr nicht aufzufallen. Vielleicht war sie zu müde, zu abwesend, zu sehr selbstzufrieden. Vielleicht tat sie auch nur so.

«Du siehst toll aus», presste er heraus.

«Ich bin total *fertig*», sagte sie, während sie sich in den

Rücksitz zwängte. «Du bleibst vorne, Brooklyn. Mama muss sich langmachen.» Sie schloss die Autotüre. «Wie war denn das Rodeln?»

Er schüttelte den Kopf. «Nicht so gut.»

«Ich hab dich ja gewarnt.» Sie gähnte. «Man kann eher einem Affen das Pokerspielen beibringen, als dieses Kind dazu bringen, sich zu bewegen. Ich wette, sie war die ganze Zeit am Handy. Oder?»

Richard starrte auf die Rücklichter des Minivans vor sich und horchte auf den Atem des Kindes. Er kam ihm schneller als normal vor. Deutlich schneller. Die Rücklichter leuchteten, und er stieg auf das Bremspedal.

«Au! Verdammte Scheiße, Richard. Ich versuche, mich hier hinten zu *entspannen*.»

«Entschuldige, Liebling. Dieser Trottel vor mir –»

«Und du, Prinzessin? Hast du Spaß gehabt mit diesem alten Gauner?»

Das Kind richtete sich auf.

«Maya», unterbrach Richard, «ich wollte dich fragen –»

«Ich rede jetzt mit meiner Tochter.»

Einen Moment lang sprach niemand. Das Kind wandte sich an Richard, als ob es mit ihm über einen Witz lachte: einen, den nur sie kannten, von allen Menschen auf der Welt. Er biss sich in die Zunge und kniff die Augen zu.

«Ich muss Lacki», verkündete das Kind.

So begannen meine Probleme: Ich folgte einem kleinen, blonden Mädchen in den Park.

Es war ein langer, bitterkalter Winter gewesen. Ich brachte die Zeit herum, indem ich mich unter Brücken versteckte und Szenen aus meiner Kindheit wieder aufleben ließ. Das Essen war knapp und Holz für ein Feuer nicht aufzutreiben. So waren die Erinnerungen an meine Jugend in jenen goldenen, fröhlichen Tagen meine einzige Wärmequelle in diesen eisigen Monaten. Bilder kehrten wieder, wie in einer Zauberlaterne, als ich mit meiner Axt im Dunkeln hockte und darauf wartete, dass etwas Erschlagenswertes an der Brücke vorbeikäme. Wie ermüdet mir die Welt erschien, verglichen mit der Lebhaftigkeit und dem Optimismus der so unendlich liebevollen *Auld Lang Syne*!

Zum Beispiel: In dem Jahr, als die Elektrizität erfunden wurde, waren meine Brüder und ich so schmutzig, dass wir Messer abbrachen, wenn wir unsere Fingernägel putzten. Um uns zu beeindrucken, brachte Vater immer größere Trophäen nach Hause, deren Prunkstück der Amboss war, an den ich nun gekettet bin. Mutter war nicht viel zu Hause, gehörte sie doch zur gehobeneren Gesellschaft. Es war von Anfang an klar, dass etwas mit mir nicht ganz stimmte – man vermutete sogar, dass ich selber zur höheren Gesellschaft gehörte. Gott weiß, ich tat mein Allerbestes, mich in den Spielen meiner Brüder zu verlieren, an ihren Piss-Wettbewerben teilzunehmen – nichtsdestotrotz, das Familienleben war meine Sache nicht. Ich sehnte mich nach den grünen, schnurgeraden, halb umschlossenen Plätzen der Vorstadt. Ich sehnte mich nach den Promenaden und Wiesen eines Parks.

Mit der Zeit wurden meine Brüder mir zu Fremden – ich habe sie kaum mehr wiedererkannt. Aber sie behielten *mich* im Auge, darauf war Verlass; und als ich an einem besonders feinen Herbsttag – ich hatte Jahre hindurch die Buchhaltung der Familie erstklassig geführt, hatte nach all ihren Eskapaden aufgeräumt, und war, nachdem ich vor Sonnenaufgang das Haus verlassen hatte, um Brücken zu queren und versteckte Gassen zu durchstreunen, und nie mit leeren Händen zurückkam – als ich mich nach alldem endlich entschloss, einem kleinen blonden Mädchen – mit Zöpfen – in den Park zu folgen, waren sie in Sekundenschnelle da.

«Jetzt haben wir dich am Hosenboden, Johnny», zischten sie, und ich konnte es nicht bestreiten. Nach einem kurzen Gerangel schleppten sie mich nach Hause und ketteten mich an diesen Amboss. Es waren ihrer so viele, mehr als ich zählen konnte. Auch mein Vater war irgendwo in dem Gemenge: Ich erkannte ihn am Gekicher und dem Klappern seines Schmucks. Mutter war nicht dabei, da war ich mir sicher – sie gehörte schließlich zur höheren Gesellschaft. Ich schloss meine Augen und hieß das Unvermeidliche herzlich wilkommen.

Bevor ich es noch wusste, war ich ein Mann geworden.

Luft war in seinem Mund, Luft presste gegen seine offenen Augen, und Luft füllte seine Herzkammern. Luft war
unter seinem Rücken, als er entspannt im Gras lag, und
Luft war die Endlosigkeit über ihm. Der Himmel war flach
und grau, die Farbe von Asbest, aber er krümmte sich dort,
wo das silberne Wetter herkam. Es hatte weißes Wetter gegeben, dann graues, nun zog das silberne auf. In den käl-
testen Nächten war die Luft farblos, gehäutet, anlass- und
mitleidslos. Heute Nacht, vielleicht, dachte Moser. Höchst-
wahrscheinlich heute Nacht. Gleich nach dem silbernen
Wetter.

Er hatte Rinder, so viel war klar. Er hatte siebzehn Hektar Weide. Er besaß ein kleines, schindelgedecktes Haus.
Wenn das silberne Wetter kam, meinte er fast, aus Luft
zu bestehen; er fühlte, wie er sich zusammenzog und aus-
dehnte, entsprechend der Laune des Barometers, fühlte,
dass er einen lebendigen Körper besaß. Andere Männer
(Winkler, zum Beispiel, über den Bach) ließen sich vielleicht anders vom Wetter beeinflussen, aber er hatte einen
Körper, der unmöglich abzuweisen war, schwer und un-
teilbar und absolut. Wenn er sich unter seinen Rindern bewegte, wenn er ihnen Futter brachte oder sie über Winklers Betonbrücke zur Quelle führte, wusste Moser, dass
sie ihm folgten, dass sie ihn verstanden, aufgrund der Ab-

solutheit seines Körpers. Nicht durch seine Bewegungen oder die Geräusche, die er machte, oder die Luft, die sein Körper in seinen vielen Kammern enthielt, waren die Rinder zu der Einsicht gekommen – es war allein sein Körper, der sich ihnen offenbarte. Und kein anderer als Moser hätte sich so unter ihnen bewegen können.

Die Rinder waren nicht mit der Luft verbündet. Oft, in den klarsten Nächten, wandte sich die Luft ab und überließ die Rinder dem Himmel: wie ein Vakuum, ein leerer Brunnen, ein ausgehöhlter und verlassener Steinbruch. In solchen Nächten röchelten die Rinder und pressten sich eng aneinander, rollten die Augen – Moser hatte es oft beobachtet.

Am Morgen, mit der Rückkehr der Luft, könnte ein totes Kalb am Rande der Wiese gefunden werden. Ein paar Schritte entfernt würde dessen Mutter stehen, stumm und unbeweglich, einen Klumpen Futter im Maul, und würde auf nichts achten als das Kauen. Betrunken von der Luft, erobert, besiegt. Es war schrecklich, auch nur daran zu denken. Das Kalb würde aufrecht stehen, grotesk gestützt von seinen dünnen, krückenhaften Beinen. Moser achtete darauf, nicht zu schnell in seine Nähe zu kommen. Er würde fünfzehn oder zwanzig Schritte entfernt stehen bleiben, still wie das Kalb, abwesend wie die stumme, ruhige Mutter, und auf ein Zeichen warten.

Winkler, über dem Bach, wartete in solchen Fällen, wenn ein Kalb tot am Rand der Weide lag, nicht ruhig. Winkler hatte viele Kälber, mehr als er betreuen konnte, und es konnten zwei oder drei Tage vergehen, bis ihm eines abging. Sein Besitz auf der anderen Seite des Baches war sonnseitig gelegen, und er hatte üppige Wiesen, auf denen sich die Rinder wie Pollen verteilen konnten. Er hatte drei große Weiden, jede größer als ein Hektar, und oft konnte er sich für keine entscheiden. Er sagte gern, dass er die Rinder selber die Auswahl treffen ließe. Er betonte das oft, besonders Moser gegenüber.

Sobald sie sich entschieden hatten und Winkler in sein Haus zurückgekehrt war, blieb er darin tagelang für sich, manchmal sogar für Wochen. Er hatte eine noch größere Abscheu vor dem Wetter als die Tiere und würde in gewissen Nächten nicht vor die Türe treten, aus Angst, das Wetter könnte ihn dort unerwartet finden. Winkler hatte Bedienstete – Stallknechte, Feldarbeiter –, die sich um die Kälber und Mutterkühe kümmerten, während er sich im Haus verschanzte. Er konnte im Haus bleiben, solange er wollte, und das konnte sehr lange sein. Aber die Knechte kümmerten sich nicht wirklich um die Kälber, nicht wirklich: weder liebten noch verstanden sie die Tiere. Und die Kälber erwiderten diese Gleichgültigkeit.

Diese Knechte – allesamt junge Männer – kamen von Dörfern weiter unten am Bach, und die Luft machte ihnen keine Probleme. Sie konnten die ganze Nacht draußen verbringen, plaudernd und fluchend und rauchend, besonders dann, wenn drinnen Arbeit auf sie wartete. Wie Moser das sah, hatten sie mit sich zu tun und scherten sich nicht um andere Lebewesen. Sie waren faul und sangen Liebeslieder und wandten sich immer ab, wenn Moser sie auf der kleinen Brücke traf. Sie hatten keinen Respekt vor dem silbernen Wetter.

Moser rollte sich langsam auf den Bauch, saugte den

Atem ein und teilte das Spätsommergras mit den Fingern. Wenn er über Winkler nachdachte, fühlte er keinen Boden unter sich, keine Substanz, nichts, was sein Gewicht tragen könnte. Er musste sich umdrehen, musste sein Gesicht in die trockene, süß riechende Erde vergraben, um schließlich vollkommen entspannt zu sein. In solchen Momenten war es einfacher, dem Himmel den Rücken zuzukehren.

Dieser letzte Gedanke ließ ihn laut auflachen. Zu all den Gründen, Winkler zu hassen, ihn zu verabscheuen und ihm den Tod zu wünschen, kam nun diese neueste Erkenntnis: dass er von Winklers Angst vor dem Wetter angesteckt worden war. Winklers Angst infizierte ihn, raubte ihm den Schlaf: Sie griff seinen Körper an wie die Grippe. Andere mögen die Luft verachten – die Rinder, die in ihr ihren natürlichen und größten Feind sahen – aber nur Winkler blieb ihretwegen verschanzt. Als ob die Luft dort nicht an ihn herankäme, dachte Moser. Als ob Winklers Haus tatsächlich wetterfest wäre. Er lachte wieder, lauter diesmal. Aber irgendwie kam ihm dieses Lachen unaufrichtig vor.

Winkler konnte natürlich drinnenbleiben, Winkler konnte seinen Launen folgen, Winkler konnte genau das tun, was er wollte, und keinen Handschlag mehr. Aber ein redlicher Mann, ein armer Mann, ein Mann unter Rindern, konnte unmöglich drinnenbleiben. Moser war allein auf seinem Besitz, ohne Frau, ohne Kinder, ohne irgendwelche Hilfe. Niemand konnte etwas für ihn tun, wenn er, der Moser, die Wetterfurcht bekam.

Er lag noch eine Zeitlang mit dem Gesicht ins Gras gepresst. Bewegen war schwierig, aber bewegen war, glücklicherweise, im Moment auch nicht notwendig. Er war nicht so stark, wie er angenommen hatte. Vielleicht war heute nicht der Tag, an dem Winkler sterben sollte.

Moser lag still und dachte an gar nichts. Hin und wieder zog sich die Luft plötzlich in sich selbst zurück, wie angeekelt, und die Wärme auf seinem Rücken sagte ihm, dass die Sonne herausgekommen war. Er fluchte über den Wankelmut der Luft, wie schon so oft, und machte sich so leicht und klein wie möglich. Wegen der Sonne hatte er sich umdrehen müssen. Wenn er sich ruhig und träge verhielt, konnte er sie gerade noch ertragen, konnte gerade noch die groteske Marmorierung der Luft über seinem Kopf, wie durchwachsenes Schweinefleisch, ignorieren. Ein Sonnenstrahl, und alles wäre verloren: Er würde anfangen, die Wärme auf seinem Rücken für die natürliche Ordnung zu halten, würde sie immer wieder erwarten, als ob kein anderes Wetter möglich wäre. Als sich das Sonnenlicht zurückzog, und es zog sich immer gleich wieder zurück, musste Moser sich zwingen, nicht aufzuschreien. Aber er hatte gelernt, es zu ertragen. Je weniger er sah, desto leichter fiel es ihm. Und so lag er da, mit seinem Gesicht ins Gras gepresst.

Eine Flasche, grün wie der Wald, lag neben ihm, gerade außer Reichweite seines linken Armes. Es war Luft in der Flasche: Wie ein Schwarm von Bremsen, beständig und stumpfsinnig, füllte die Luft alle Räume, alle Höhlen, sobald sie leer gesaugt waren. Die Luft kannte keine Gnade, keine Linderung, kein Asyl. Vor dem Wetter konnte man keine Geheimnisse bewahren.

Moser hob den Kopf. Es nützte nichts. Wo blieb nur Winkler?

Wenn das Wetter weiß oder grau oder kupfern war, kam Winkler gewöhnlich zu dieser Zeit über die Brücke. Seine Brücke: Winklers. Die Brücke, die seine Knechte für ihn gebaut hatten. Von seiner sonnendurchtränkten Weide kommend, überquerte Winkler die Brücke jeden Samstag bei seinem Abstieg ins Dorf. Und er, Moser, überquerte sie zweimal in der Woche, um die Rinder zur Quelle auf der Sonnseite zu bringen. Das süßeste, klarste, gesündeste Wasser. Die Brücke war eine Verbindung, wie ein dünner Speichelfaden, der ihn an Winkler band, wie ein neugeborenes Kalb an die Mutter gebunden ist.

Winkler sah das natürlich nicht so, aber so war es. Seitdem die Brücke gebaut worden war, fühlte Moser ihre Unnatürlichkeit. Er fühlte sie heftig, und gleichzeitig war er von ihr abhängig geworden; er war sogar dankbar dafür. Das Bild von sich und Winkler, verbunden wie Mutter und Kalb, war richtig. Bevor es die Brücke gab, hatte er die Rinder einfach durch den Bach getrieben, aber jetzt, da die Brücke existierte, war sie für Moser unverzichtbar.

Winkler erinnerte ihn ständig daran.

Gerne betonte er, dass er (Winkler) die Idee für die Brücke gehabt hatte, dass er beteiligt war an ihrem Bau, und dass das Land auf seiner (Winklers) Seite der Brücke rechtmäßig ihm (Winkler) gehörte. Nie ließ er eine Gelegenheit vergehen, ohne das zu erwähnen. Er bemerkte, Wasser sei auf beiden Seiten des Baches. Besseres Wasser, süßeres Wasser als im Bach, der ihre Grundstücke trennte, konnte man nicht finden. Warum dann fühlte sich sein werter Nachbar gezwungen, seine Rinder zweimal pro Woche zur Quelle zu führen?

Und warum hatte Moser sich nicht, wie Winkler, die Mühe gemacht, einen Weg zur Quelle zu bauen, wenn die Quelle und das Wasser, das sie entließ, ihm so wichtig waren? War Mosers Motiv vielleicht gar nicht das Wasser, sondern der Hass auf die Brücke, die er, Winkler, errichtet hatte? Betrachtete Moser sie vielleicht als Schandfleck? Als Gotteslästerung? Wollte Moser womöglich den Ruin der Brücke beschleunigen, indem er zweimal wöchentlich dreißig Rinder über sie trieb (viermal sogar, wenn man den Rückweg bedachte)?

Das Wasser in der Quelle sei das beste, würde Moser antworten. Und dein Weg, Winkler, ist der einzige dorthin.

Es half nicht, Winkler das zu erklären, dem kleinen, leicht erregbaren Winkler, der nie wusste, wenn ein Kalb am Rand seiner Weide starb. Sinnlos, die Rinder zu erklären, das Sonnenlicht, die Marmorierung der Luft, die Fichten, die Quelle, das Wasser, den Himmel. Man könnte genauso gut die Antwort in eine leere Flasche blasen. Besser, Winkler durch einen Flaschenhals zu saugen, ihn aufzusaugen und zu schlucken und ihm endlich ein Ende zu machen.

Moser wusste, dass Winkler die Brücke in der nächsten Viertelstunde überqueren würde.

An Winkler zu denken, und daran, was auf der Brücke passieren würde, war beruhigend und machte die Gedanken an das Wetter weniger drängend. Nachdem er vielleicht fünf Minuten über Winkler nachgedacht hatte, wich die Furcht der Verachtung. Er selbst hielt sich für tüchtig, solide, er war Landbesitzer, die Luft war ihm gleichgültig. Viele Leute, besonders im Tal, meinten, dass die Luft etwas Schönes sei: Lieder über den Himmel wurden geschrieben und im Dorf bei berauschtem Gemüt laut gesungen. Frauen wurden oft mit dem Himmel in Beziehung gesetzt. In den Städten blickten viele Menschen, besonders die reichen, zum Himmel hinauf (Moser hatte das aus sicherer Quelle), gleichgültig ob das Wetter blau, schwarz oder grün war. Sogar das tote Wetter wurde in Gedichten gepriesen. Niemand dort fürchtete sich vor der Luft.

Und diese Menschen in den Städten – kindische, frivole Menschen – wenn die das konnten, warum nicht Moser selbst? Jederzeit. Jetzt, zum Beispiel. Gerade in diesem Augenblick. Moser drehte sich auf den Rücken, bevor dieser Drang abklingen konnte, und riss die Augen auf, soweit es ging.

Da sah er das silberne Wetter. Sofort, bevor er sie schließen konnte, waren seine Augenhöhlen überflutet davon. Es war ganz still herangekommen, wie immer auf den Fersen der letzten Sonnenstrahlen, und jetzt breitete es sich von einer Seite des Himmels zur anderen aus. Es überflutete seine Augen und tränkte seine Kehle, sein Gesicht und seine Eingeweide in Quecksilber. Der Himmel war ein großes, gekrümmtes Reservoir von Silber, und er sah sich darin endlos widergespiegelt, wie wenn sein Körper im alleinigen Fokus dieses riesigen Spiegels wäre. Er hustete und würgte, schrie laut auf, schlotterte. Er tastete nach der Flasche neben sich im Gras, aber sie brachte ihm keine Erleichterung. Die Flasche war mit Luft gefüllt, mit dem Wetter, genauso wie seine Augen und seine Lungen und sein Herz. Wo vorher Ruhe war, oder Kühnheit oder Hass für den kleinen Winkler, war jetzt nur das silberne

Wetter. Noch nie war er so von ihm eingenommen worden.

Er konnte den Himmel sehen, mit ein paar Sonnenflecken und Wolken hinter einer silbernen Haut, wie durch eine Fensterscheibe, vor die man eine Kerze gestellt hatte, aber er fand es nicht überzeugend. Es war lächerlich. Das silberne Wetter war absolut: Jedes andere Wetter war ein Euphemismus. Moser setzte sich auf, Silber aus den Augen tropfend, und grub die Fingerspitzen in seine Schläfen. Der Spiegel zitterte und neigte sich und sank, bis er nur einen Steinwurf über dem Boden schwebte.

Etwas musste geschehen. Moser hob den Kopf und schaute nach dem Bach, um seine Augen zu leeren, sie auszuwaschen. Hier war die Brücke: sechs Betonblöcke aneinandergereiht. Hier war der farblose Bach, der zwischen sandigen Ufern dahinfloss. Und hier war Winkler, der das Gatter hinter sich zuzog und sich der Brücke in seinem abwesenden, Winkler-eigenen Schritt näherte. Moser schnappte nach Luft, knirschte mit den Zähnen und stand auf. Unter keinen Umständen durfte Winkler die Brücke überqueren.

Winkler blieb am Fuß der Brücke stehen. Er betrachtete Moser mit Interesse. «Ich gehe ins Dorf», sagte er aalglatt, obwohl ihn niemand gefragt hatte. Dieser Blick, dachte Moser. Dieser Blick ist eine Provokation.

«Ins Dorf?», fragte Moser. «Bei dem Wetter?»

«Das Wetter…?», wiederholte Winkler und rieb sich die Hände. Seine zarten, blaufingrigen, weibischen Hände. Fein und klamm und ohne Schwielen. Hände, um kleinen Schulmädchen ans Kinn zu fassen oder Brot zu streichen oder Münzen zu zählen. Winkler legte den Kopf schief und sah über Moser hinweg. Er betrachtete den Himmel. Zu Mosers Überraschung wurde er von dem, was er sah, nicht zurück über die Brücke getrieben. Es bereitete ihm offenbar nur leichtes Unbehagen.

«Ja, wirklich. Bei dem Wetter», sagte Winkler. «Seit wann geht es Sie etwas an, Herr Moser, unter welchen Umständen ich ins Dorf gehe?»

«Geht mich nichts an», erwiderte Moser.

«Nun denn.»

Winkler versuchte, an ihm vorbeizukommen, seinen kleinen Körper vorbeizuquetschen, aber da war kein Vorbeikommen. Auf der Brücke gab es für keinen Körper Platz, außer dem seinen. Mosers. Sein Körper hatte genau die Breite der Brücke.

«Lassen Sie mich vorbei», sagte Winkler.

«Nicht heute», sagte Moser.

«Was zum Teufel soll das heißen?»

«Schau dir die Brücke an. Sie hat genau meine Breite.»

«Lass mich vorbei», sagte Winkler. «Wir diskutieren das später.»

Angesichts dessen, was ihnen bevorstand, erschien Moser diese Phrase komisch.

Ihm entfuhr ein Lacher, dann noch einer. Es klang hell und kindlich. Einen Moment früher nur wäre es unvorstellbar gewesen, im silbernen Wetter so lachen zu können, aber etwas hatte sich geändert. Etwas hat sich verändert, dachte Moser, aber er konnte nicht sagen, ob er selber es war oder der Himmel. Er legte den Kopf nach hinten, so, wie Winkler es getan hatte. Der Spiegel war noch da, sogar näher als zuvor, höchstens eine Armlänge über ihren Köpfen.

«Du hast dich doch immer vor dem Wetter gefürchtet.»

«Ich? Noch nie», sagte Winkler und sah ihn genauer an.

«Still!», zischte Moser. Irgendwann, fast unmerklich – vielleicht in genau diesem Augenblick, vielleicht schon lange davor – hatte Winklers Stimme die Farbe des Himmels angenommen. Als Winkler seine, Mosers, Behauptungen zu leugnen begann, hatte seine Stimme – sonst so tönend, so scharf – eine Ruhe, eine Unbarmherzigkeit, eine Spiegelähnlichkeit angenommen, die Moser durchlässig, durchsichtig, leicht, unwesentlich machte. «Still!», zischte er. Eine Bemerkung, kein Befehl. Der Spiegel hatte sich jetzt so weit gesenkt, dass Moser seinen Atem darin sehen konnte. Die Luft wurde drückender, metallischer, dichter – und er, Moser, nahm diese Eigenschaften der Luft an. Er lachte nochmals, vollkommen lautlos, und ließ den Schock darüber durch sich strömen.

Winkler versuchte wieder, an Moser vorbeizukommen. Er kam Moser nahe, ohne ihn zu berühren. Er zeigte noch immer keine Angst. Gleich würde was passieren.

«Erklär mir das mit dem Wetter», sagte Moser und vergaß in dem Moment, wie sehr er den Klang von Winklers Stimme hasste. «Du gehst jede Woche ins Dorf.»

«Wie bitte?»

«Stimmt es, dass die Leute dort Lieder darüber singen?»

Bei der Erwähnung des Dorfes lächelte Winkler mild. «Ich weiß nichts von ihren Liedern», erwiderte er. «Ich gehe nur zur Andacht in die Stephanskapelle. Wenn es dich so interessiert, solltest du selbst hinuntergehen. Das schaffst du noch, oder?» Kaum hatte Winkler den Mund geschlossen, begann er eine Melodie zu summen. Spielerisch, süßlich, wollüstig. Das war kein Kirchenlied.

«Ich könnte nie ins Dorf gehen», flüsterte Moser. «Nicht ich.» Winklers Antwort brachte seine Zähne zum Klappern. Winklers summende Stimme ließ den Spiegel über ihnen vibrieren. «Hör *auf*», sagte Moser und packte Winklers Kragen. «Hör *auf*», wiederholte er und ballte die Fäuste. Erleichtert bemerkte er, dass sich seine Hände schwer anfühlten, wie zwei Klumpen wasserschwerer Erde. Plötzlich gab es keinen Himmel mehr.

Hier in der Mitte der Brücke, Winkler leicht östlich, Moser südwestlich, fanden sich die beiden in einer engen Umarmung. Winkler war ein viel kleinerer Mann als Moser, und sein Versuch, sich aus dessen Griff zu befreien, wirkte lächerlich. Der Himmel senkte sich unterdessen so tief herab, dass Moser gezwungen war, die Wange auf seiner Schulter abzustützen, um aufrecht bleiben zu können. Seine rechte Gesichtshälfte war gegen das Glas gepresst, sein linker Nasenflügel flach an seinen Oberarm gedrückt. Von diesem neuen Blickwinkel aus konnte er durch den Spiegel sehen, die ganze sonnengefleckte Unendlichkeit. Aber der Ausblick interessierte ihn nicht mehr.

Winkler schlug um sich wie ein Fuchs in der Falle, als sich Mosers Hände um seinen Hals schlossen. Je mehr Mosers Körper an Masse gewann, desto leichter wurde Winkler. Schon war er massiv genug, den Himmel zu stützen. Winklers Mätzchen brachten ihn zum Lachen. Er fürchtete sich nicht mehr, nach oben zu schauen. Er schaute jetzt nur mehr nach oben.

Wäre das Messer einen Augenblick früher ins Spiel gekommen, wäre es durch Mosers Leib geglitten wie ein Vogel durch eine Wolke; stattdessen traf es seine Masse und blieb stecken. Der Himmel strömte in die so entstandene Kluft, die Luft drängte sich in die Spalte, und gleichzeitig rann sein Inneres aus. Er nahm einen tiefen Atemzug, konnte ihn aber nicht halten. Das silberne Wetter war verschwunden. Es gab nichts zu sehen. Da war nur Moser, der steif in der Mitte der Brücke stand, seine Hände jetzt lose auf Winklers schmalen Schultern. Winklers zierliche Faust, die das Messer verbarg, ruhte auf Mosers Brust. Er starrte auf das neue Loch in Mosers Leib und atmete ein, in sanften, triumphierenden Zügen. Beide wurden gleichermaßen von der flachen, kühlen Sonne beschienen.

«Kein Wetter mehr», sagte Moser. «Du kannst jetzt ins Dorf.» Aber Winkler war längst verschwunden.

★

Moser legte sich ins Gras, den Rücken gegen den warmen Boden, den nackten Bauch der Luft zugewandt. Dieselbe Luft wie in den Dörfern, kam es ihm in den Sinn. Was mochten sich die da unten während des silbernen Wetters wohl gedacht haben? Hatten sie sich gefreut? Sich gefürchtet? Waren sie zur Poesie inspiriert? Vielleicht, dachte Moser, hatten sie es gar nicht bemerkt.

Überall auf der Welt ist der Himmel der gleiche, nur sind manche ihm weit mehr ausgesetzt als andere. Manche fast gar nicht, manche ununterbrochen. Manche leben nahe an der Luft, manche entfernt davon. Manche – wie

Winkler und er selbst und die Tiere, die sie hüteten – unterlagen den leisesten Capricen und Launen des Wetters. Keine Falte, kein Riss, keine Kluft war groß genug, um sich darin zu verbergen. Es war anders in den Dörfern. Die waren diskret versteckt, privilegiert und abgeschieden, Wanzen in den Leintüchern der Welt. Dort war es leicht, vom Himmel zu träumen, in den Schlafzimmern und auf den Balkonen, eingebettet in die warme Unterseite der Erde. So gesehen, dachte Moser, konnte das silberne Wetter sogar malerisch wirken.

Aber wo Moser lag, sah er zu viel Himmel. Viel zu viel. Kein Lappe in seiner Birkenhütte, kein rundlicher Polynesier, kein in der Wüste wandernder Berber sah je so viel Himmel wie er. Rundum war der Deckel des Himmels, mit seiner Flachheit, seiner Stille und seiner erbarmungslosen Größe. Moser wehrte sich nicht mehr dagegen. Er hatte Luft im Mund, Luft drückte gegen seine offenen Augen, und Luft pulsierte im Innersten seines Körpers. Wie er so im Gras lag, war Luft unter den Sohlen seiner Stiefel und zwischen seinen Lippen und in den Wurmlöchern unter ihm.

Er nahm einen Atemzug, den letzten für einige Zeit, und drückte sich tiefer in das Gras. Zumindest für einen Augenblick hatte er wirklich Substanz gehabt. Für einen Augenblick war er unübersehbar gewesen. Winklers Messer hatte das bewiesen.

Langsam, leise, zwangsläufig, kam das gelbe Wetter ihm entgegen. Er fühlte die Hitze an Hals und Schultern. Er sah nichts von Interesse, obwohl er die Augen weit offen hielt. Diesmal würde die Sonne bleiben. Er lächelte bei dem Gedanken. Er erlaubte sich, die Augen zu schließen und den Mund erschlaffen zu lassen. Kein Wetter konnte ihm Angst machen. Es gab nichts zu fürchten. Luft war unter seinem Rücken, als er entspannt im Gras lag, und Luft war die Endlosigkeit über ihm.

Michelangelo war eine Erbse, aber er war auch der größte Künstler seiner Zeit. Der Papst kam in Michelangelos Atelier, beugte sich herab und sagte zu Michelangelo: «Malt Uns ein Gemälde in der Sixtinischen Kapelle.» Jedes Mal, wenn der Mund des Papstes sich ihm näherte, hatte Michelangelo Angst, darin für immer zu verschwinden wie ein Bonbon. Der Mund des Papstes war breit und freudlos und duftete nach Rosenwasser und rohem Fleisch.

Dies trug wenig dazu bei, Michelangelos Ängste zu lindern.

Michelangelo war eine Erbse und sich dessen bewusst. Für viele seiner Mitbürger wäre das Schicksal, wie ein Bonbon im Mund des Papstes zu verschwinden, die Erfüllung eines lebenslangen Traums; Michelangelo aber war ein echter Sohn der Renaissance und wollte sich für nichts und niemanden opfern, außer für seine Kunst. Andererseits hatte die Sixtinische Kapelle eine breite, helle Decke, mit wunderbar rauem und wohlgeschmiertem Putz; und das Gebäude selbst war durchaus imposant.

Die behaarte Oberlippe des Papstes zuckte ungeduldig. Der Mund öffnete sich.

«Wie Eure Heiligkeit befehlen», sagte Michelangelo.

Und so wurde die Freske begonnen, die Freske mit ihrem Himmel aus Bizeps und Trizeps und Pectoralis und

Serratus, alles zutiefst von Lebenskraft und Göttlichkeit und Hierarchie durchdrungen. Der Mann, sanft wie ein Reh, schaut zu Gott hinauf, ehrfürchtig auf seinen Zauberfunken wartend. Gott zeigt mit seinem rechten Zeigefinger auf den Mann, wie der Besucher eines Affenhauses. Die gesamte Himmelskuppel ist eine einzige Reklame für die Unübertrefflichkeit der kommenden Welt, und durchaus auch für die Wertlosigkeit der unseren. Das Auge, sich nach oben wendend, erkennt zwar hier und da Gegenstände, die weltlichen Objekten ähneln, die aber durch die Perfektion von Form und Farbe jegliche Art des Wiedererkennens strengstens verbieten. Im Wesentlichen ist also jeder Besuch der Sixtinischen Kapelle eine Demütigung und nichts weiter.

Michelangelo rechnete damit, dass dies der Kirche gefallen würde. Und das tat es auch.

Als der Papst und sein Gefolge letztendlich zurückkehrten, um das vollendete Werk zu besichtigen, beugte sich der Heilige Vater tiefer und näher zu Michelangelo als je zuvor. «Diese Freske ist ein Wunder, Michelangelo», flüsterte er. «Sie sind der größte Künstler dieser Zeit.»

«Bitte um Entschuldigung, Eure Heiligkeit», antwortete Michelangelo. «Ich bin eine Erbse.»

1

Das Buch handelt von einem sprechenden Elefanten. Er kommt aus dem Dschungel, vorsichtig im Schutz der Finsternis, auf der Suche nach Nahrung, über die sein Habitat nicht verfügt. Mangan, hauptsächlich. Ein cremefarbener Elefant, fast weiß, mit kleinen Ohren und zierlichen Stoßzähnen, ungefähr von der Größe eines wohlgenährten Bernhardiners. Er hält sich bedeckt, frisst Termitennester und Nüsse. Seine Nahrung enthält wenig Zink. Er lispelt.

2

Das Buch ist noch nicht vollendet. Keine Rede davon. Der Autor ist ein vierzigjähriger zweifacher Vater, der sehr eingespannt ist, einschließlich einer Vollzeitstelle bei *Penny Day,* einem Online-Schuldeneintreibungsservice in Springville, Massachusetts. Er war noch nie in irgendeinem Regenwald gewesen, weder tropisch, subtropisch noch gemäßigt, und hatte noch nie einen wirklichen Elefanten gesehen – soweit er sich erinnern kann, nicht einmal im Zoo.

Hin und wieder kommt dem Autor diese Tatsache signifikant vor, besonders dann, wenn er sich mit dem Buch gerade sehr schwertut. Er hat sein ganzes Leben in Pickwick verbracht, einer angenehmen Gemeinde im südlichen Maine, weniger als eine Stunde von der Küste entfernt; die einzige Ausnahme waren die vier Jahre, in denen er das Community College in Bangor besuchte, einer gleichfalls netten, unbedeutenden Stadt. Seinem besten Wissen nach war der nächste Zoo von relevanter Größe in Boston, zweihundertsiebenundachtzig Meilen von Pickwick entfernt. Er war einmal, an seinem siebten Geburtstag, von seiner Oma und seinem Opa dorthin eingeladen worden. Dort mag dann ein Elefant gewesen sein, oder auch nicht. Ein Elefant ist dem Autor, um ganz ehrlich zu sein – bis vor etwa sechs Wochen, als er sich ernsthaft mit dem Buch zu beschäftigen begann –, kein einziges Mal abgegangen.

3

Momentan stockt das Schreiben ein wenig, weil der Autor sich den Urwald nicht recht vorstellen kann. Der Elefant muss einem wirklichen Elefanten nicht ähneln, nicht unbedingt; aber seine Umgebung muss stimmen. Der Autor ist kein Mensch, der normalerweise unter den Einschränkungen des Alltags besonders leidet – den vielen Faktoren jenseits seiner Kontrolle, die ihn schmerzfrei im ländlichen Maine, ungefähr eine Stunde von der Küste, festhalten –, aber im Moment ist er verbittert. Er grollt seiner gutmütigen Frau, seinem kränklichen Vater, sogar seiner hart erkämpften Jobgarantie. Er ärgert sich über seine hübschen, schwierigen, strohblonden Kinder, Cassidy und Dakota. Die Gefühle übermannen ihn hin und wieder, ohne jegliche Warnung, und er hat mit den Jahren gelernt, sie zu akzeptieren, zu betrachten, und dann auch loszulassen. Er nennt diese gedankliche Übung «Achtsamkeit», obwohl er nicht sicher ist, dass der Ausdruck der richtige ist. Er hat ihn in der Woche seines vierzigsten Geburtstags auf der Wissenschaftsseite der *New York Times* entdeckt, was zu einer beträchtlichen Verbesserung seines Alltags führte. Aber heute Abend hilft ihm seine Achtsamkeit nichts. Er muss den Dschungel vor sich sehen.

4

Der Elefant ist nervös, unruhig, wie immer, wenn er sein Territorium verlassen muss. Im Moment ist der Elefant äußerst achtsam. Er sieht nicht besser als ein Mensch, vielleicht sogar schlechter, aber er hört mit phantasmagorischer Klarheit: alle ihn umgebenden Geräusche im Busch, vom würgenden Graulen des Jaguars bis zum Summen der Termiten unter der Erdoberfläche. Die dichten Tamarisken am Waldrand, die bei Tageslicht so harmlos aussehen, zittern in der dunklen Tropensuppe, geheimnisvoll und gefährlich. Der Elefant liegt, jenseits der Baumgrenze, gelähmt von Unentschlossenheit. Sein schlapper weißer Körper leuchtet in der Finsternis. Das ist kein Ort, um sich zu entspannen. Im Dschungel bedeutet Unbeweglichkeit den Tod.

5

Das Buch beginnt *in medias res*, mit dem Verlassen des Dschungels – aber für den Autor existiert eine Vorgeschichte. In dieser Vorgeschichte befindet sich das Revier des Elefanten innerhalb des letzten Restes indonesischen Urwaldes; der Elefant ist der Allerletzte seiner Art; und ein Mann namens Russell Blount ist aus Sheffield, U.K., gekommen, um ihn zu töten. Blount hat auch eine Vorgeschichte, aber die kann nicht von Interesse sein. Die Vorgeschichte des Buches selbst besteht darin, dass der Autor seit seiner Graduierung vom Community College (mit zweiundzwanzig) keinen ernsthaften Schreibversuch unternommen hat. «Der Alltag hat mich leider aufgefressen», wie ein englischer Romancier der mittleren Hälfte des 20. Jahrhunderts, an dessen Namen der Autor sich beim besten Willen nicht erinnern kann, zu sagen pflegte.

In den letzten sechzehn Jahren ist der Autor unzählige Male am Spieltisch seines kleinen Hauses gesessen – immer am Spieltisch, nie woanders –, hat zwei oder drei Zeilen dahingekritzelt, sie durchgelesen, angeekelt möglichst schnell wieder gelöscht und ist dann verzweifelt in sein Bett gekrochen. Er stellt sich sein Versagen vor wie eine große und zugige Scheune – ein riesiger, fast leerer Raum, dessen Boden übersät ist mit schmutzigen Matratzen –, und er hat dort schon längst eine Ecke gefunden, in der er sich heimisch fühlt. Und trotzdem: Hier sitzt er, lange nach Mitternacht – bei *Kerzenlicht!* – und plagt sich mit dem Buch ab, zu dessen Schreiben er sich längst schon nur verurteilt fühlt.

6

Der Elefant hat keine erwähnenswerte Vorgeschichte.

7

Blount erreicht Gerangibar, Indonesien, am späten Nachmittag – leicht reizbar, nach einer erschöpfenden Reise – und verschwendet so wenig Zeit wie möglich auf Vorbereitungen. Er hat seine Nachforschungen von seinem Schreibtisch in Sheffield aus getätigt und beschlossen, sich gleich zu einer Salzlecke am Ursprung des Mwambesi aufzumachen. Die imperialistischen Assoziationen zur Großwildjagd sind dem Autor etwas unangenehm; deshalb verzichtet Blount auf eingeborene Führer und Träger. Durch die Salzlecke sind sie sowieso überflüssig: Wie jeder Großwildjäger weiß, ist Salz, ganz zu schweigen von Mangan und Zink, äußerst wichtig für das Wild.

Blount dringt in den Urwald vor – er sabbert leicht, wegen der Anti-Malaria-Pillen, die er kaut. Er hat eine Woche Urlaub, inklusive Krankheitstage, und davon hat er schon sechsundvierzig Stunden verbraucht, um überhaupt hierherzugelangen. In einem kalbsledernen Sack trägt er eine Kaliber 78 Derringer, und sein Rücken verkrampft sich schon ein bisschen unter dem Gewicht. Blount ist kein gesunder Mann, aber er hat gesunde Bedürfnisse. Er wird nicht mit leeren Händen nach Sheffield zurückkehren.

Der nächste Absatz erscheint wie ungebeten auf dem Bildschirm des Computers; der Autor erinnert sich aus seiner Zeit im Community College vage an das Phänomen. So fühlt es sich an, wenn die Arbeit gut läuft.

8

Blount drang tiefer in den Busch ein, der seinen Sinnen so fremd war wie die dunkle Seite des Mondes. Blätter bedrängten ihn von allen Seiten: gefiedert, fingerförmig, gezahnt, gelappt, retikuliert, basal, geschwungen. Der Dschungel versuchte sein Möglichstes, ihn zu verwirren, aber Blount ließ es nicht zu. Er würde früh genug zurück sein, unter dem edlen Laubdach der englischen Midlands: Er hatte vier Tage bezahlten Urlaub vom Büro und drei Krankenstandstage dazu. Wärend er seinen kräftigen Körper vorwärtstrieb, seine Kopfhaut vor Hitze prickelnd, kam ihm Gerry Culkins in den Sinn: der Vizeleiter der Personalabteilung. Er hatte seinen Urlaubsantrag nur zögernd unterschrieben –

«Ekelhafte Scheißprosa», sagt eine dünne Stimme hinter ihm – die Stimme seiner kleineren Tochter, Cassidy. Aber als der Autor sich umdreht, ist niemand zu sehen.

9

Russell Blount ist ein kleiner Mann, eher stämmig als beleibt. Er ist wählerisch, leicht prüde, nicht übermäßig anspruchsvoll, gemäßigt in seinen Ansprüchen. Er ist schon seit sieben Jahren von seiner Frau, Moira, geschieden. Keine Kinder, keine Haustiere. Blount hat sich damit abgefunden, nie wieder die Schenkel einer Frau zu berühren. Er zieht es vor, sich auf Dinge zu konzentrieren, die er kontrollieren kann. «Wachsamkeit» nennt er diese Methode, und er muss schon sagen: Sie hat einen neuen Mann aus ihm gemacht.

Er betrachtet nun den Dauerhagel von Enttäuschungen in seinem Leben als eine von ihm selbst geschaffene geistige Architektur: eine große, zugige Scheune, voll mit geerbten Möbeln, Sofas, Bücherregalen – Zeugnisse jener Zeit, in der er «das Spiel» noch spielte und stets scheiterte. Er weiß genau, wo diese Scheune des Scheiterns steht – er kann ihre Position in jedem Moment genau bestimmen –, aber er verbringt kaum noch Zeit darin. Er ist weit von seinem Zuhause, weit entfernt von jeglicher Behausung, jenseits von den Strukturen, in die er seinen Verstand so lange eingekerkert hatte.

Russell Blount, Versicherungsangestellter aus Sheffield, lebt jetzt im Dschungel.

10

Der Elefant liegt noch immer einen Steinwurf von der Baumgrenze entfernt. Er zittert in der kalten Nachtluft, blinzelt hinauf zum elfenbeinernen Mond. Was auch immer kommen wird, so sagt er sich, wird kommen. Ein angenehmer Fatalismus hat sich über ihn gesenkt, mild und schimmernd wie der essbare silberne Blütenstaub des Sangukhanbaumes. Der Mond kann manchmal eine solche Unruhe hervorrufen, besonders im letzten Quartal. Aber auch Manganmangel kann das.

Es ist mir nicht gegeben, meine Zukunft zu sehen, flüstert der Elefant sich zu. Er ahnt, dass sein Tod bevorsteht – ob durch Nahrungsmangel, einen Jaguar oder irgendwie sonst, kann er im Moment nicht mit Bestimmtheit sagen. Er zittert noch immer vor Kälte. Er schimmert noch immer in der Dunkelheit. Sein Körper ist schwer, sehr schwer, und seine Seele ist ungeduldig. Er kann es kaum fassen: Noch vor wenigen Stunden fühlte er sich übermütig und jung ...

11

Irgendwann war die Tochter des Autors in die Schreibstube gekommen – jene Stube, die seine Frau «den Schmutz-raum» nannte und die eigentlich die Waschküche war –, hatte sich in einem Wäschekorb zusammengekuschelt und war lautlos eingeschlafen. Der Autor betrachtet sie eine Weile. Vielleicht war es wirklich ihre Stimme gewesen, die er zuvor gehört hatte.

Der Korb steht in Reichweite des Autors, und er lehnt sich jetzt zu ihr und zieht sachte den Daumen aus dem Mund seiner Tochter. Sie rührt sich, lächelt schüchtern und furzt. Warum ist es so viel weniger anstößig, wenn kleine Kinder einen fahren lassen?

Und warum sagt man eigentlich «einen fahren lassen»?

Der Autor ist sich bewusst, dass er diese Frage gerade jetzt wichtig findet, weil sie ihm eine Ablenkung, wie kurz auch immer, vom Schreiben bietet. Warum sitzt er eigentlich, lang nach Mitternacht, hier in dieser finsteren, feuchten Waschküche? Wozu soll das gut sein?

12

Der Tod kommt nicht in Gestalt eines Jaguars über den Elefanten. Der Tod kommt in Gestalt von Russell Cowpers

Blount, siebenundvierzig Jahre jung, Versicherungsangestellter, Großwildjäger, Junggeselle.

Von Anfang an, noch bevor er seinen Schreibtisch in
den vollgestopften Wäscheraum gestellt hat, hatte der
Autor sich die Geschichte (oder Novelle oder was auch
immer) als eine Auseinandersetzung mit dem Unvermeid-
lichen vorgestellt: was man früher Schicksal genannt hätte.
Blount, in seiner verbohrten Beharrlichkeit, verkörpert
Thanatos, den *Killerinstinkt*; der Elefant hingegen alle, die
sterben müssen.

13

Die ersten milchigen Sterne leuchten am östlichen Hori-
zont. Der Elefant nimmt sie kaum wahr. Plötzlich taucht
ein Marabu aus dem Zwielicht auf und landet auf einer
nahen Tamariske.

«Ich dachte mir schon, dass ich dich hier finde», krächzt
der Storch.

Zuerst bleibt der Elefant stumm. «Warum?», fragt er
endlich.

«Der Jäger kommt zu dir. Der weiße Geist. Er trägt ein
Gewehr.»

Auf einmal ist der Elefant hellwach. Sein Innerstes
krampft sich zusammen. «Ich verstehe nicht – warum ich?»

«Warum nicht?»

Er starrt den Storch an. Seine Augen sind nicht mehr die
besten. Der Marabu ist nur ein schmieriger, grauer Fleck.

«Ich bin mager, und meine Stoßzähne sind klein. Ich bin
nicht mehr jung.»

«Andererseits bist du langsam», sagt der Storch. «Und schwach. Und du glühst förmlich in der Dunkelheit.»

Der Rüssel des Elefanten zieht sich zusammen. «Das ist also das Ende?», sagt er schließlich.

«So ist es.»

«Ich habe mir immer vorgestellt, es würde ein Jaguar sein.»

Der Storch schweigt.

«Was ist ein Gewehr?»

«Ein Ast, der Steine ausspuckt. Sie finden dich und durchbohren dich. Du stirbst.»

«Ich laufe davon», erwidert der Elefant trotzig. «Ich laufe *schneller* als die Steine.»

«Natürlich!», sagt der Storch. «Mein Irrtum.»

Als der Elefant den Storch beobachtet – einen blassen, schwer zu erfassenden Punkt in der Landschaft seiner Angst –, hat er plötzlich eine Offenbarung.

«Du bist ein Bote des Autors. Du bist ein *Vorbote*.»

Der Storch seufzt. «Ich stehe dem Autor keineswegs näher als du. Aber ich sage dir trotzdem meine Meinung dazu.»

«Bitte!»

«Wenn es ihn überhaupt gibt, ist er ein Trottel.»

14

Bei allem in der Welt – dieser verzweifelten, seelenkranken, selbstmörderischen Welt – und man schreibt von einem sprechenden Elefanten! Wie kann man einen friedlichen Sommerabend nur mit so etwas verschwenden, die schwindende Jugend, die Schöpfungskraft, das Leben? Der Autor verspürt plötzlich ein intensives Verlangen nach der Wärme und Sicherheit seines Betts. Aber heute Nacht, überraschenderweise, widersteht er dem, den Armen seiner süßen, sanften Frau, dem Ruf der «Scheune».

Er sieht gespannt zu, wie der Marabu wegfliegt.

15

«Besser», sagt die Stimme. «Ich mag den Storch.»

Der Autor dreht sich um und findet Cassidy, die helläugig und aufmerksam in der Sofaecke sitzt, beschienen von einem Mondstrahl, der vom Fenster hineindringt. Sie scheint fast zu glühen.

«Das freut mich», murmelt er. Sonst fällt ihm nichts ein. «Meinst du –»

«Warum hast du ihn wegfliegen lassen? Er war noch nicht fertig.»

Der Autor zögert. «Ich hab es einfach so beschlossen.»

«Warum?»

«Na ja, wenn das Schreiben so dahinfließt, Schätzchen, kommen die Worte manchmal –»

«Von *selbst*, ich weiß», sagt Cassidy. Sie gähnt. «Aber es schien mir, als hätte er noch nicht alle seine Argumente vorgebracht.»

«Wie bitte?», sagt der Autor.

«Ich meine nur, er war noch nicht fertig.»

Er zwinkert seiner Tochter zu. «Vielleicht hat ihn ein Geräusch aus dem Wald erschreckt. Das Fauchen eines Jaguars –»

«Du und deine Jaguare.»

«Es ist unwichtig, was es für ein Geräusch war. Geräusch unbestimmt.»

«Du hast den Storch eigentlich nur als *vox Dei* in die Erzählung eingefügt. Im Grunde genommen vor allem, um deine Weltanschauung zu vermitteln. Und dann ist er dir einfach davongeflogen.»

Verwirrt sagt der Autor eine Zeitlang nichts.

«Schätzchen, es ist lieb von dir, dass du deinem Daddy bei der Arbeit helfen willst, aber ich glaube, du bist vielleicht ein bisschen –»

«Du bist ein Versager», sagt Cassidy sanft.

16

Der Marabu gleitet über den dunklen Wald, über den Mwambesi, über den leicht violetten Lehm der Salzlecke, bis er das Lager des weißen Gespenstes entdeckt. Der Flug ist kurz, denn der Jäger ist schon sehr nahe.

17

Wie ein Fakir sitzt Russell Blount neben seiner flackernden Propanlampe und ölt seine Waffe. Er summt vor sich hin, während er arbeitet: ein flaches, unmusikalisches Krächzen, das keinerlei Emotion erkennen lässt. Moira würde das alles verabscheuen, denkt er sich. Gedanken an seine Frau verfolgen ihn täglich, beinahe stündlich, und es wäre naiv zu glauben, dass sie ihn hier im Dschungel verlassen würden. Das kleinste Detail ihres gemeinsamen Lebens, ihrer häuslichen Arrangements – wie sie die Henkel der Tassen im Schrank alle nach Westen ausrichtete, zum Beispiel, oder dass sie sich nie im kleinen Raum an der Rückseite des Hauses aufhielt, den sie ihr «Büro» nannte –, diese Gedanken raubten ihm nächtelang den Schlaf, in den Tagen, bevor er die «Wachsamkeitsmethode» für sich entdeckt hat. Jetzt akzeptiert er diese Erinnerungen und lässt sie vorüberziehen.

Blount sitzt mit gekreuzten Beinen mitten im Wald, leicht schwitzend, und zerlegt sein Gewehr. Wenn seine Gedanken doch mal von der Gegenwart abschweifen, tendieren sie in die Zukunft, nicht in die Vergangenheit. Er stellt sich den Elefanten vor, den zu töten er hierhergekommen ist. Sein Vorstellungsvermögen ist mehr als ausreichend dafür. Er hat schon häufiger Elefanten gesehen, in seiner Kindheit, mit den Großeltern im Zoo.

18

Weniger als eine Meile entfernt, wie der Jubjub-Vogel fliegt, ist der Elefant endlich aufgestanden. Die Warnung des Marabu war nicht umsonst. Der Elefant ist immer noch durchdrungen von Furcht – sogar mehr als zuvor –, aber er kann seine Glieder wieder bewegen. Vielleicht hat ihn diese neue Angst sogar befreit.

Der Elefant macht ein paar wackelige Schritte, wie ein frisch geborenes Fohlen, dann scheint sein Gang sicherer zu werden. Der Anfall von Unentschlossenheit ist vorüber. Das Quellgebiet ist jetzt sehr nahe – nahe genug, dass der Elefant das Mangan in der feuchten Nachtluft riechen kann.

Die Salzlecke ist neutraler Boden, Niemandsland, wo man Jaguar und Gazelle nebeneinander trinken sieht. Wenn der Elefant es bis zur Salzlecke schafft, findet er dort Asyl.

19

Die Frau des Autors liebt ihn trotz seiner Fehler. Dieser Gedanke kommt ihm vollständig geformt, als kompletter Satz in der dritten Person, wie der Anfang irgendeiner sentimentalen Kurzgeschichte aus den Achtzigern. Er weiß, dass ihm der Gedanke in dieser Form, in diesem Moment, gekommen ist, weil er seine ganze Aufmerksamkeit und seinen Willen der absurden Rolle widmet, die er für sich erfunden hat: die Rolle, die aufzugeben er sich immer noch weigert. Sein Hirn ist jetzt in offenem Aufruhr. Siobhans Hingabe, unwahrscheinlich unter den besten Umständen, erscheint ihm, bei aller Liebe, jetzt kaum mehr als Worte auf Papier.

Es gab nicht unerhebliche Zeiten, gegen Anfang, während deren der Autor meinte, Siobhan gäbe seinen Ein-Mann-Dramen von Angst und Selbstmitleid (die ihn selbst nicht überzeugten) deswegen nach, weil sie ihn als unentdecktes Talent sah. Als er die Wahrheit endlich erkannte – dass sie ihn einfach trotz seines Mangels an Begabung liebte, weil sie eine starke, selbstsichere, liebevolle Frau war –, kam diese Erkenntnis als ungeheure Erleichterung. Er hörte sofort damit auf, sie zu bitten, seine mickrigen, totgeborenen Textfragmente zu lesen. Erst als er seinen einzigen Leser, seine einzige Quelle der Bestätigung, verloren hatte, war er endlich dazu fähig, anzufangen.

20

Wie ihr Name andeutet, ist Siobhan Cowpers blass wie ein Geist, mit Sommersprossen, die komischerweise unabhängig vom Wetter oder der Jahreszeit kommen und gehen. Sie ist vernünftig und schlagfertig und kräftig gebaut. Eine Narbe teilt ihren Nacken in dessen mathematischer Mitte, wie der Abdruck eines Halsbandes – und wie eine Heldin aus irgendeiner gotischen Sage weigert sie sich, darüber auch nur ein einziges Wort zu erzählen. Diese Narbe wäre für den Autor zu so etwas geworden wie sein Elefant – eine vertraute und geliebte Sache, die er nie verstanden hätte –, hätte ihn nicht Siobhans Mutter an einem Sommerabend während einer Grillparty zur Seite genommen. Eine bakterielle Infektion am Beginn der Pubertät, flüsterte sie ihm zu. Eine fehlgeschlagene Therapie mit Antibiotika. Eine Notoperation. Der Autor fand dies Erklärung leicht enttäuschend. Da verstand er plötzlich, dass er gehofft hatte, von einem schockierenden Gewaltakt zu erfahren.

Er fragte sich dann, ob er sie hasste, die reizende, selbstbewusste, hilfreiche Siobhan. Er erkannte, dass dies durchaus möglich war: noch dazu, dass er sie gerade deshalb hasste, weil sie ihn unterstützte, ihn liebte und an ihn glaubte, ungeachtet der vielen Beispiele seines Versagens. Es schien dem Autor, dass er nichts tun könnte, was Siobhans Liebe im Keim ersticken würde. Sie würde ihn lieben und ermutigen und ertragen, auch wenn er der lächerlichste, verblendetste Trottel der Welt wäre.

Diese Erkenntnis brachte ihn zur endgültigen Verzweiflung.

Der Marabu lässt sich auf einem Ast eines sich riesig ausbreitenden Baobabbaumes nieder, der auf einer Sandbank
am Mwambesiursprung steht, einen Steinwurf von der
Salzlecke entfernt. Der Ast ist kahl und tief – aber nicht
so tief, dass der Storch in Gefahr ist. Der Vogel zieht seine
großen grauen Flügel ein, plustert seine Brustfedern und
imitiert einen toten Baumstamm. Er muss nicht lange
warten.

Der Elefant erscheint zuerst, jetzt trittsicher, beinahe an-
mutig in seiner Entschlossenheit. Kleine weiße Wölkchen
kommen aus seinem Rüssel und schrauben sich gemächlich gen Himmel. Er bewegt sich langsam, mit Würde, als
wüsste er, dass er der Letzte seiner Art ist. Er gleitet lautlos
in das klare Wasser, ohne nach Krokodilen Ausschau zu
halten; unter dem Marabu vorbei, ohne hinaufzuschauen.
Der Marabu reagiert nicht, bewegt sich nicht, hält vollkommen inne. Die Rolle, die er von jetzt an zu spielen hat,
ist die eines Zeugen.

Von seinem Schreibtisch im hinteren Teil des Hauses aus
bildet sich der Autor ein, seine Frau schnarchen zu hören.
Es scheint ihm nur richtig, der Einzige im Haus zu sein,
der wach ist: besonders jetzt, wo er so beschämende Gedanken hat. Er hört, wie sich Siobhan schwer im Bett umdreht, hört die Leintücher aneinanderreiben, hört ihren
Atem durch ihre makellosen Zähne pfeifen. Er erkennt,

dass es ihm leichter fällt, sich vorzustellen, dass er selbst verschwindet, als dass seine Frau aufhören könnte zu existieren. Sein eigener Tod ist leicht vorstellbar.

23

Der Elefant bewegt sich vorwärts durch das schillernde, schlammige Wasser. Er hatte erwartet, sich mit allen möglichen anderen Tieren herumschlagen zu müssen – Hyänen und Coatimundi und Hippopotami und Gnus –, aber die Lecke ist verlassen. Das im Wasser gelöste Mangan entfaltet bereits seine zauberhaft stärkende Wirkung.

Unter ihm scheinen dunklere Formen zu schwimmen, vielleicht kleine Krokodile, vielleicht Frischwasser-Schildkröten; möglicherweise sind es auch nur die Schatten der aufwallenden Regenwolken am Himmel. Die Sonne ist nun vollständig aufgegangen und schneidet schräg durch die Wasseroberfläche; ihre warmen Strahlen erreichen den Lehm der Lecke und färben ihn indigo und gelblich und grün. Nie hat der Elefant etwas Schöneres gesehen. Er bohrt seinen rechten Stoßzahn übermütig in den Lehm, bricht einen faustgroßen Klumpen heraus und schluckt ihn als Ganzes. Er bemerkt den Marabu oben auf dem Baobab, schenkt ihm aber nicht die geringste Beachtung. Nichts ist wichtig außer dem alkalischen Geschmack des Mangans in seiner Kehle. Alle Angst und Zweifel und Zaghaftigkeit sind von ihm abgefallen. Er fühlt sich gewaltig, attraktiv, unbezwingbar, wild. Sein Wohlgefühl ist geradezu sexuell. Er nimmt das weiße Gespenst am Ufer wahr, kann sich aber beim besten Willen nicht erinnern, warum ihn das kümmern sollte. Er schlingt einen Lehmbrocken nach dem anderen hinunter. Sein letzter Gedanke, bevor der Blitz einschlägt, ist, dass der Marabu sich geirrt haben muss: Was das weiße Gespenst in der Hand hält, sieht überhaupt nicht nach einem Ast aus.

24

Ich könnte es jetzt tun, denkt der Autor. Ich könnte es mit einem Minimum an Aufwand erledigen. Mit weniger Theater jedenfalls, als ich immer um mein Schreiben gemacht habe. Mein aufgeblasenes, selbstverliebtes Geschreibsel. Meine ekelhafte Scheißprosa. Meine armseligen Versuche, außerhalb der Scheune zu existieren.

25

Der Marabu beobachtet den Jäger, wie er durch die Untiefe vorwärtsplatscht, seiner Beute entgegen. Der Jäger schwimmt nicht: Er watet und hält das Gewehr mit ausgestreckten Armen über seinem Kopf. Das Wasser steigt bis zu seinen Knien, zu seiner Gürtelschnalle, zum Kragen seines Hemdes. Er weiß, dass schwimmen leichter wäre, aber schwimmen kommt momentan nicht in Frage. Sein Preis liegt bewegungslos da, halb im Wasser und halb auf dem glatten, blaugrauen Ufer. Der Rüssel hängt jetzt schlaff, hellrosa verfärbt vom Lehm. Blount, vergnügt fluchend, schlittert und platscht. Nur noch ein paar Schritte. Weniger als zehn.

Ein Schwimmer wäre schon dort, aber Blount war

nie ein Schwimmer. Er bemerkt am Rücken des Elefanten etwas, das Blut sein könnte. Blut oder vielleicht doch nur Lehm. Ein Gemisch von beiden. Der Storch sitzt auf seinem Baum, tritt von einem Fuß auf den anderen, und macht dabei Geräusche, die an menschliche Sprache erinnern. Etwas passiert gerade oder ist passiert oder hat aufgehört zu passieren. Blounts Beine bewegen sich noch, aber er kommt nicht mehr vorwärts. Obwohl sich seine Beine bewegen, berühren seine Füße den Grund nicht. Sie sind nicht auf dem Grund, sondern im Grund. Bis zu den Knöcheln, bis zu den Knien. Er kommt nicht mehr vorwärts. Moira würde es hassen. Nun ist das Wasser bis zu seinen Lippen gestiegen.

26

«Du bist ein Versager», sagt Cassidy leise.

«Ich weiß, Schätzchen.»

«Kannst du mir sagen, wie sich das anfühlt? Zu erkennen, dass man versagt hat, nach jahrelangen Bemühungen? Endlich sicher zu sein?»

«Es fühlt sich… befreiend an. Als ob ich aus einem Raumanzug gestiegen wäre. Mein Körper fühlt sich leicht an. Fast schwerelos. Und ich habe schreckliche Angst.»

«Natürlich hast du das.»

«Es ist so kalt. Ich habe solche Angst. Es ist fast wie –»

«Es ist vorbei. Da kommt nichts mehr. Du hast versagt. Du bist allein.»

«Warte», hört sich der Autor sagen. «Warte eine Sekunde. Das ist nicht wahr.»

«Nein?»

«Ich bin nicht allein. Das kann nicht sein. Ich kann deine Stimme ja immer noch hören.»

«Steh vom Tisch auf», sagt Cassidy heiser. «Steh auf und geh einfach raus.»

27

Der Marabu beobachtet den Jäger beim Untergang. Sein Gewehr verschwindet als Letztes unter der Oberfläche. Eine Zeitlang steigt eine Reihe von Blasen auf, dann ist auch das vorbei. Das Gleichgewicht der Welt ist wiederhergestellt.

Der Storch breitet seine Flügel aus und verlässt den Baobab, seine Pflicht erfüllt, seine Arbeit getan.

Er landet neben der Beute, murmelt etwas und beugt sich gemächlich runter, um an den Augen zu picken. Bevor er dazu kommt, setzt sich der Elefant zu seiner großen Überraschung auf und hustet.

«Du hast dich geirrt», verkündet der Elefant. «Die Steine haben mich nicht umgebracht. Und ein Gewehr hat keine Ähnlichkeit mit einem Ast.»

«Ich wundere mich auch», sagt der Marabu, während er sich von seinem Schock zu erholen versucht. «Das hätte eigentlich nicht passieren sollen. Der Autor hat das äußerst klargemacht.»

«Du *hast* also exklusive Informationen», sagt der Elefant verwundert. «Du bist doch ein Bote. Ich hab's gewusst.»

Der Marabu verstummt.

«Ich hab immer geahnt –»

«Still», sagt der Marabu. «Ich muss lauschen.»

«Wie bitte?»

«Ich versuche, den Autor zu hören.»

Der Elefant bleibt so lange wie möglich still. «Und?»

«Halt den Rüssel. Ich versuche, mich zu konzentrieren.»

«Warum dauert es so lange? Sind seine Anweisungen so kompliziert?»

Der Storch schüttelt ärgerlich den Kopf. «Hier passiert überhaupt nichts mehr, wenn du dauernd quasselst.»

«Sag mir nur eines», bemerkt der Elefant. «Nur eines – dann bist du mich los.»

«Auf keinen Fall», sagt der Storch.

«Ach, bitte –»

«Das verstehe ich nicht», murmelt der Storch. «Da ist nichts. Ich höre nichts. Niemand sagt etwas. Keiner da.»

28

Der Autor öffnet die Terrassentüre und geht hinaus in die Dunkelheit. Das Gras ist kühl unter seinen bloßen, empfindlichen Füßen. Wie still das Haus hinter ihm ist, klein und flach, beleuchtet nur vom Himmel. Sternenklare Nächte haben ihm immer Angst gemacht. Die riesige, unmenschliche Distanz. Die Unendlichkeit. Das Haus kommt ihm vor wie ein Puppenhaus. Seine Frau und seine Kinder schlafen dort, Siobhan, Dakota und Cassidy, alle nur erbsengroß.

Er entfernt sich vom Haus, geht durch den vernachlässigten kleinen Garten, immer ängstlicher, mit jedem Schritt schwereloser. Der Wald am Rand seines Grundstückes scheint sich fast angeekelt von ihm zurückzuziehen. Seine

Beine bewegen sich, aber er kommt dem Wald nicht näher. Er steckt fest wie in Schlamm. Er hat sich endlich befreit, hat seine beengenden Jugendträume hinter sich gelassen, und er ist verschreckt. Er ist nackt, wehrlos, im schwarzen Nichts treibend, geradeso wie Cassidy – konnte es wirklich Cassidy gewesen sein? – es vorausgesehen hatte.

Irgendwann liegt er flach am Rücken im Gras, wie jemand, der mitten im Sommer versucht, Schneeengel zu machen, wie ein Betrunkener mittleren Alters. Er sieht den Rest des Buches vor seinen Augen ablaufen, und währenddessen wird er ruhiger. Ein Gefühl von Behaglichkeit, oder zumindest Resignation, breitet sich in ihm aus. Es tut ihm sehr wohl. Das Buch ist tausendmal besser, jetzt, wo das Buch sich von selbst schreibt. Es ist unvergleichlich.

29

Nachdem er im lebenspendenden Wasser des Mwambesi gebadet und seine Wunden versorgt hat, verlässt der Elefant die Salzlecke ohne Eile und macht sich auf den Heimweg durch das schattige Unterholz. Zink und Mangan fließen durch seine Adern. Das weiße Gespenst, der Marabu und die Schrecken der Nacht verschwimmen schon in seiner Erinnerung. Wie im Traum bewegt sich der Elefant durch den Vogelgesang, das Heulen der Brüllaffen, das Flüstern der Termiten unter der Erde. Er fühlt sich wohl in seiner Rolle, der Letzte seiner Art zu sein. Er kommt unter dem Jaguar vorbei, der, zusammengerollt und still, oben in einem Gummibaum liegt. Aber es ist Tag, und der Jaguar schläft.

Der Elefant verharrt kurz im goldenen Strahl des frühen Tageslichtes und schnüffelt die Luft. Von allen Dingen – allen Dingen in dieser verzweifelten, gottverlassenen, selbstmörderischen Welt: Und man ist ein sprechender Elefant! Er kann sein Glück kaum fassen.